FROID COMME LA PIERRE

LES TORNADES D'ACIER (1)

Olivia Rigal

Cette histoire est pure fiction et cela même lorsqu'elle a pour décors certains lieux qui existent ou comme toile de fond des événements collectifs qui se sont réellement produits.

Les noms, les personnages et leurs histoires ont été imaginés de toute pièce par l'auteur et toute ressemblance avec la réalité serait pure coïncidence.

contact@LadyOPublishing.com
www.ladyopublishing.com

Les Tornades d'Acier
Froid comme la pierre / Lady O Publishing. — 1ère édition.
ISBN **978-1500121174**

Tous mes remerciements à:

Zirconia Publishing

&

Christa Wick

Elle a conçu la couverture de ce livre et
m'a poussée à tenter cette balade en deux roues.
Si vous aimez les héroïnes bien en chair
et les hommes qui apprécient leurs rondeurs,
lisez son premier livre traduit en français :
Les courbes de la route.

Table des matières

Chapitre 1

« Où est ma commande pour la 9 ? je lance à la cuisine.

— Encore trente secondes, Lisa, me répond le stagiaire. » Il met la touche finale sur une assiette. Une fois la petite tomate déposée dans son nid de basilic, il lève les yeux vers moi et me gratifie d'un clin d'œil.

« C'est bien que tu sois de retour. Ça s'est passé comment les exams ?

— Je suis contente d'être revenue. Tu ne me croiras peut-être pas, mais je trouve la folie du coup de feu du déjeuner relaxante après deux semaines d'examens. »

Je me rends compte que je n'ai pas vraiment répondu à sa question, mais je ne suis pas certaine de savoir comment ça s'est passé, et puis, de toute façon, c'est le moment le plus chaud du service du déjeuner, pas vraiment le moment de bavarder.

J'apporte mes plats à la table 9 où un professeur de droit bavarde avec un homme de son âge, associé dans un des plus beaux cabinets d'avocats de Manhattan. C'est comme cela tous les jours, ici. Le restaurant est situé entre deux facs de droit. Tout le pâté de maisons est occupé par des immeubles de bureaux loués par des cabinets d'avocats. Ce n'est pas par hasard que ma boss a appelé son restaurant « La Fac de droit ».

Je demande à mes deux clients s'ils n'ont pas besoin d'autre chose et, juste au moment où ils me répondent que tout est parfait, Lyv m'appelle. Elle a une triste mine, ce qui ne lui ressemble pas. Elle est en colère ou fâchée. Cela ne peut pas être après moi puisque j'étais absente pendant deux semaines et que je viens juste de reprendre aujourd'hui. Elle me fait signe de la suivre dans son bureau et, là, me demande de m'asseoir.

« Lisa, je suis désolée », me dit-elle en s'accroupissant devant moi et en prenant mes mains dans les siennes.

Je plonge mon regard dans ses beaux yeux noisette et me demande pourquoi elle est désolée. A-t-elle appris, grâce à ces contacts privilégiés avec l'université, que j'ai planté mon année ? Non, ce n'est pas possible, ils n'ont pas encore eu le temps de corriger les copies. Elle va me virer ? Non, elle a toujours dit que j'étais une de ses meilleures serveuses et qu'elle serait désolée de me voir partir à la fin de mes études.

« Je viens d'avoir un appel de la police de Point Lookout, me dit-elle doucement en serrant mes mains un peu plus fort. C'est ton frère … » Elle s'arrête de parler une seconde, secoue la tête, et un court instant je crois voir des larmes affleurer dans ses yeux.

Maintenant, il n'y a pas de doute, quelque chose ne va vraiment pas. Lyv, c'est une dure à cuire. Lyv ne pleure pas. Quoi qu'il arrive, elle sourit comme si la vie était une de ces stupides publicités pour dentifrice.

— Il faut que tu ailles à la cité universitaire et que tu fasses ta valise. Ensuite je te conduirai à l'aéroport de LaGuardia. Je t'ai pris une place sur le vol de 16 h pour Fort Lauderdale.

Je tente de comprendre ce qu'elle est en train de me dire, mais mon cerveau s'y refuse.

David, mon frère, c'est un monument, il est indestructible. Il peut survivre à tout. D'abord, il a fait l'armée, ensuite, il est sorti premier de l'école de police. David ne peut pas être mort.

« Qu'est-ce qui s'est passé ? je lui demande.

— Je ne sais pas, ils ne m'ont pas donné de détail, chuchote Lyv.

— Il faut que j'appelle ma mère. »

Oui, c'est ça. Je vais parler à Maman. Elle va me dire qu'il y a eu un horrible malentendu et elle va bien en rire. Je tente de libérer mes mains de celles de Lyv pour prendre le téléphone sur son bureau, mais elle ne me lâche pas.

— Tu ne pourras pas lui parler avant d'être rentrée, me dit Lyv. Je crois que les médecins lui ont donné quelque chose pour la faire dormir pendant vingt-quatre heures.

Elle tire nos mains sur sa poitrine et soupire.

« Je suis désolée, Lisa. »

Quelqu'un frappe à la porte. C'est Megan. Elle s'occupe du service du soir, d'habitude. Que fait-elle ici, si tôt ? Et pourquoi a-t-elle mon sac et mon imper ?

Lyv va vers elle, et elles parlent doucement pendant que Lyv enfile sa veste. Elle revient vers moi et me fait me lever. Elle m'habille comme si j'étais une enfant et me prend la main. Un drôle de silence se fait quand on traverse la salle. Ils ne savent pas ce qui se passe, mais l'expression sur le visage de Lyv est telle que personne ne pipe mot. Pendant un moment, j'ai l'impression que le monde défile au ralenti autour de moi, mais cela cesse à la seconde où nous passons la porte de la cuisine pour arriver dans la rue. À Manhattan, la vie ne s'arrête jamais. Il y a des gens qui passent et la circulation est bruyante. Tout a l'air normal.

Lyv m'accompagne jusqu'à mon immeuble. Une fois dans l'entrée, elle me demande le numéro de ma chambre. Je lui donne et nous prenons l'ascenseur jusqu'au dixième étage. En fouillant dans mon sac, Lyv trouve ma clef et ouvre la porte. Je reste debout près de l'entrée et je l'observe, efficace, pendant qu'elle prépare mes affaires et les pose sur le lit. Elle se tourne vers moi et me demande :

« Tu veux quelque chose que je n'ai pas pris ? »

Je secoue la tête. Je n'arrive pas à réfléchir, et puis, de toute façon, j'ai encore des fringues dans ma chambre à la maison.

« Bon, alors cela fera l'affaire », dit-elle en pliant tout soigneusement dans ma valise.

Nous sortons et, après avoir fermé, elle retire les clefs de ma chambre de mon porte-clefs pour les mettre dans sa poche.

« J'appellerai l'université pour savoir à quelle date il faut rendre la chambre… »

Elle ne finit pas sa phrase, sans doute parce qu'elle réalise que je ne fais pas très attention à ce qu'elle me dit. Lyv a déjà tout anticipé et, dans mon brouillard, je me demande ce que j'aurai fait sans elle, alors je lui dis :

« Merci.

— T'inquiètes, me dit-elle en haussant les épaules. C'est à cela que servent les amis. »

Chapitre 2

Lorsque l'avion se pose à l'aéroport de Fort Lauderdale, il fait déjà nuit. Je suis en pilote automatique. C'est un peu comme si je regardais un film. Je m'observe en train d'agir. Je me lève, je porte mon sac, je descends les marches et puis je prends le couloir. C'est moi, mais ce n'est pas vraiment moi. Je ne suis pas là. Curieusement, j'ai beau être absente, mon corps continue à faire ce qu'il faut pour me ramener jusqu'à la maison.

Au tapis à bagages, je trouve oncle Tony, qui a déjà attrapé ma valise. Il a l'air d'avoir pris 10 ans depuis la dernière fois que je l'ai vu. C'était quand, déjà ? Il y a moins de deux ans. Il me serre dans ses bras.

« Je suis désolé, Lisa », dit-il, puis il me lâche sans rien dire de plus.

Je hoche la tête et je le suis. Pendant le trajet jusqu'à Point Lookout, il m'explique pourquoi il est venu seul.

« Nancy est à l'hôpital avec ta mère. »

Avant que j'aie le temps de lui poser une question, il me dit :

« Nous ne savons pas ce qui s'est passé. La police a appelé ta mère, elle a réussi à venir frapper à notre porte avant de s'effondrer. »

Il me laisse digérer ses explications avant de continuer.

« Je vais t'amener à la maison et tu pourras aller la voir demain. Cela ne sert à rien que tu y ailles maintenant pour la regarder dormir. »

Le reste de la route se fait en silence.

Il gare la voiture devant l'entrée de son garage. Quelques pas sur la pelouse, et je suis chez moi.

Tony et mon père étaient de vrais jumeaux que seule la mort a pu séparer. Ils conduisaient la même voiture, s'habillaient de manière identique et avaient même acheté deux maisons jumelles l'une à côté de l'autre. La seule différence dans leurs vies avait été leur choix d'épouse. Maman ne ressemble en rien à tante Nancy. Maman est douce alors que Tante Nancy est une force de la nature.

Nancy a vécu dans des foyers après avoir été abandonnée par ses parents. À 16 ans, elle s'est enfuie pour être recueillie par un club de motards. Ils l'ont accueillie comme un « p'tit cul ». C'était une fille si ravissante que la régulière du vice-président, qui n'était pas du genre à partager, l'a rapidement chassée du club. Pas assez vite à l'évidence, puisque Nancy était déjà en cloque. Elle est alors devenue mère à 17 ans, et, depuis, elle a survécu à des tas de problèmes de santé sérieux.

Oui, Nancy est une force de la nature avec une personnalité radieuse. Elle a décidé qu'elle voulait être heureuse, et donc elle est heureuse.

Maman, c'est tout le contraire. Même avant la mort de Papa, elle se faisait un monde de tout. Alors, le camion qui a écrasé mon père a aussi brisé ma mère. Heureusement qu'il restait David pour s'occuper de moi.

« Ça va aller toute seule ? me demande oncle Tony alors que je descends de la voiture.

— Oui. Merci d'être venu me chercher,

— Pas de problème. Si t'as besoin de quoi que ce soit, ou si tu ne veux pas être seule, tu viens, d'accord ? »

Je hoche la tête, mais je n'ai aucune envie de compagnie. Je n'ai pas été seule depuis que Lyv m'a annoncé la nouvelle. J'ai besoin d'être seule parce que je vais m'effondrer et quand je commence à pleurer, je ne veux pas de témoin.

La porte est entrouverte. Pas besoin de chercher ma clef pour entrer. Je grimpe l'escalier. Il y a quatre portes sur le petit palier, une pour chacune des trois chambres et une pour la salle de bain. J'ouvre la porte de ma chambre et pose ma valise sur mon lit. En me retournant, je vois dans la chambre de ma mère. Le lit est défait et il y a des vêtements par terre. Cela ne lui ressemble pas. La seule chose qu'elle contrôle dans sa vie, c'est sa maison. Elle est toujours impeccable. C'est une maniaque.

Je rentre dans sa chambre, je ramasse les vêtements et je fais son lit.

C'est déjà mieux.

Je me retourne et m'arme de courage pour entrer dans la chambre de mon frère. Il est revenu vivre avec elle quelques semaines après mon départ pour l'école de Droit.

Il pensait qu'on ne pouvait pas la laisser seule. Nous n'étions pas d'accord parce que, en réalité, elle n'aurait pas été seule. Elle avait sa belle-famille à côté. Je pensais qu'il était temps qu'elle apprenne à vivre seule. David n'avait pas voulu m'écouter, c'est… c'était quelqu'un avec le sens du devoir.

Je me pose sur le lit de David et je regarde le bordel. Prenant son oreiller dans mes bras, je me balance d'avant en arrière pour lutter contre les larmes qui menacent de jaillir. Son blouson en cuir est accroché au dossier d'une chaise, et son casque est sur le sol, à côté de ses bottes de moto couvertes de boue. Une jambe de son pantalon, toute boueuse, dépasse du panier de linge sale.

La boue est fraîche, pas encore sèche, comme s'il venait juste de rentrer de balade et qu'il était parti faire un tour au bar du Shamrock. Oui, voilà, il est sorti boire un verre et il va revenir d'une minute à l'autre. Je vais entendre l'escalier grincer sous ses pas… et les marches craquent.

Je regarde vers la porte et je m'apprête à dire son nom, mais ce n'est pas David. L'homme que j'aperçois est aussi grand que lui, carré comme lui, il a la même démarche dans l'escalier, mais ce n'est pas David.

C'est l'autre idole de mon enfance, Brian. À voir l'expression de son visage maintenant, je sais que c'est vrai.

C'est vrai que David est mort.

Mon Dieu, non ! David est mort.

Brian entre dans la chambre et extirpe l'oreiller de mes bras. Il me soulève du lit de David et me porte jusque dans ma chambre. Il s'assied sur le lit et me prend sur ses genoux.

« Allez, Lisa, il faut que cela sorte. »

Et comme à chaque fois qu'il me demande quelque chose gentiment, j'obéis. Je le prends dans mes bras, je blottis mon visage dans son cou, et le barrage cède. Je pleure, et plus je pleure, plus il me serre fort, comme si j'avais besoin d'être maintenue sur terre. Il se passe un moment avant que je réalise qu'il pleure aussi.

Je suis stupéfaite, mon héros invincible peut pleurer. Je n'avais jamais vu Brian pleurer, et je le connais depuis toujours. Il avait 5 ans lorsque Tony a épousé sa mère.

Ce n'est pas vraiment mon cousin, parce que Tony ne l'a jamais adopté. Je ne sais pas pourquoi. Peut-être parce que le père biologique de Brian, le vice-président du club des Tornades d'acier, n'a jamais lâché son fils aîné. De temps en temps, durant l'année scolaire, et un mois chaque été, il venait et emmenait Brian avec lui. Je me suis toujours demandé ce que devait ressentir sa régulière.

Je crois qu'il n'y a jamais eu d'adoption parce que Tony a dû penser qu'il n'avait pas besoin d'un bout de papier pour savoir qu'en pratique il était le seul véritable père de Brian.

Je prends le visage de Brian dans mes mains et chasse ses larmes avec mes pouces. Ses boucles brunes sont toutes écrasées, probablement par le casque qu'il portait en venant ici. Ses yeux d'un vert extraordinaire sont rougis par les larmes, et il porte une barbe de deux jours. Il a une mine épouvantable, mais c'est la plus séduisante des mines épouvantables que je connaisse. Il tourne la tête et embrasse la paume d'une de mes mains.

« Oh, Lisa, j'arrive pas à croire qu'il soit parti.

— Je sais. Je veux croire qu'il va grimper l'escalier et faire irruption dans ma chambre dans une seconde. Quand je t'ai entendu monter, pendant un instant, j'ai cru que c'était lui », je lui dis en soupirant, et puis je souris en murmurant : « La raclée qu'il te filerait, s'il nous trouvait comme cela !

— Non, dit Brian avec un sourire triste. Je pense qu'il serait d'accord. »

Le cuir de son blouson est trempé par mes larmes, et après l'avoir essuyé avec la manche de ma chemise blanche de l'uniforme du restaurant, je pose la tête sur son épaule.

« Qu'est-ce que tu veux dire ?

— Un soir qu'on était bien bourrés, je me suis confessé, dit-il. »

J'aurais voulu être une petite souris dans un coin, ce jour-là. David a toujours été très protecteur. Il pensait qu'il devait me protéger, non seulement comme un grand frère, mais aussi comme un père. Alors, personne, même pas son meilleur ami et presque cousin, n'était assez bien pour moi.

« Je lui ai dit que j'avais été ton premier et à quel point j'avais été nul et maladroit ce soir-là, dit Brian avec un ton presque léger. Il a tellement ri qu'il en est tombé de son tabouret. »

Je ferme les yeux et je les imagine tous les deux, assis au bar, en train d'en parler. Je peux entendre le rire de David. Son rire est – était – comme un rugissement.

« Qu'est-ce qu'on va faire sans lui ? » je demande.

— Je ne sais pas encore comment, mais, c'est sûr, la vie continue, et tu vas t'en remettre. »

Je ne suis pas certaine de le croire, mais je ne proteste pas, parce que c'est vrai, sa présence m'a déjà fait du bien.

Il me couche sur mon petit lit et s'allonge contre moi. Le lit proteste sous la charge de tout ce poids. Brian n'est plus le gringalet qu'il était la dernière fois qu'il s'est couché à mes côtés dans cette chambre.

C'était il y a des années, juste avant que David et lui ne s'enfuient pour s'engager. L'entraînement dans l'armée a gonflé leurs bras, élargi leurs épaules et sculpté le reste de leurs corps. Elle a pris des gamins et nous a rendu des hommes.

J'ai des fantasmes d'enfer à propos de cet homme. Je me dis que, maintenant qu'il a de l'expérience, ce serait extraordinaire. Assez bien pour effacer le désastre de notre première fois. Cela avait été très tendre, mais tellement frustrant. Enfin, pour moi...

À n'importe quelle autre occasion, cela aurait été un bonheur d'être couchée comme cela dans ses bras. Mais aujourd'hui, ce n'est pas un rêve, c'est un cauchemar. Je ne peux pas me réjouir de la chaleur de ses mains, de la tendresse de sa voix, car David est mort.

« Il faut que tu dormes, Bébé, me dit-il en me caressant les cheveux, les prochains jours vont être très difficiles pour toi. »

Chapitre 3

Le soleil me réveille, et je ne sais pas où je suis. Je réalise que je suis toute habillée dans mon uniforme du restaurant, mais sur mon lit d'ado, et la réalité me revient en pleine figure. Il faut que je m'occupe avant que je ne commence à trop réfléchir. Quand je sors de ma douche, le miroir ne me fait pas de cadeau. J'ai les yeux tout gonflés. J'ai dû pleurer dans mon sommeil. Je prends un gant et descends le poser dans le congélateur pendant que je mets le café en route. Je remonte me démêler et me sécher les cheveux. Une queue de cheval, je m'habille, et je redescends dans la cuisine pour boire mon café en me collant le gant glacé sur les yeux pour les faire dégonfler. Je ne veux pas avoir cette tête-là devant ma mère. Il faut que je sois forte pour deux. Elle n'a plus que moi, maintenant.

Je repense à hier soir et me demande si Brian se doute qu'il n'a pas seulement été mon premier mais, jusqu'à ce jour, mon seul et unique. J'aurais pu. Pas que je sois genre top-modèle, mais bon, je suis présentable pour les mecs qui sont branchés filles plutôt rondes et châtain clair.

Quand j'ai quitté le lycée pour l'université, il y a bien eu quelques garçons qui étaient intéressés, malgré ou à cause de mes rondeurs, mais je n'étais pas cliente. Je n'avais pas le temps de tomber amoureuse. Il me fallait de super notes pour être prise dans une super fac de droit, et tout cela en m'occupant de ma mère parce que mon frère s'était fait la malle.

Puis David et Brian sont revenus en permission, et j'ai pu voir à quoi cela ressemblait, un vrai mec. Ils étaient tellement imposants et mûrs que tous les garçons de mon âge que je connaissais avaient l'air de gamins sans intérêt.

Après cela, je suis partie à l'école de Droit, et je ne sais pas où le temps est passé. Quand on dit que les deux premières années de droit sont des années marathon, ce n'est pas une façon de parler. Je me suis enfermée dans la course et j'ai à peine pris le temps de parler à David… et maintenant, je ne pourrai plus jamais lui parler. Je serre les lèvres pour emprisonner les injures que je veux hurler au monde. Ce n'est pas juste. D'abord mon père, et, maintenant, mon frère. Qu'est-ce que ma mère et moi avons fait pour mériter ça ?

Je n'ai même pas demandé à David ce qui s'était passé à l'école de police. Comment est-ce que Brian a réussi à se faire virer quelques jours avant d'avoir son diplôme ?

J'étais pourtant certaine que Brian avait assez mûri pour ne plus se mettre dans la mouise. Quand il était enfant, il se faisait toujours attraper, il n'était vraiment pas doué pour faire des bêtises. Cela n'a pas changé à l'adolescence.

Je suis certaine que David a fait les mêmes âneries que Brian. Je suis sûre qu'il a fumé des pétards, qu'il s'est bourré la gueule, qu'il est allé se baigner à poil dans l'océan. Mais David ne s'est jamais fait prendre. Il a traversé la vie avec une chance insolente. Rien ne peut l'atteindre… Rien ne pouvait l'atteindre.

J'avale mon café, je prends mon permis, une carte de crédit et les clefs de ma mère. Je ferme la porte de devant et celle de la cuisine avant d'aller au garage. Je ne faisais jamais cela avant puisque ma mère ne sortait presque jamais de la maison.

La moitié du garage est en bordel avec les motos de David et ses affaires de motard. L'autre, immaculée, est occupée par la voiture de ma mère. Elle est dans un état parfait. On pourrait croire que personne ne l'a jamais conduite alors qu'en réalité elle a 10 ans.

Je la sors du garage et je referme la porte derrière moi. La voiture d'oncle Tony est dans son allée et lui est assis sur le porche en train de boire son café et lire son journal. Avec Papa, ils faisaient cela ensemble tous les jours à 7 h. Dorénavant, Tony le fait tout seul. Qu'il pleuve ou qu'il vente, je sais que je le trouverai sur son porche tous les matins. C'est rassurant de savoir qu'il y a des choses qui ne changent jamais.

Je lui fais signe de la main, et il me répond. Je ne vois pas la moto de Brian. Je me demande où il vit, en ce moment.

En route vers l'hôpital je décide de retarder l'inévitable et je vais jusqu'à la plage. C'est une sorte de pèlerinage. Je laisse mes chaussures et je marche sous la jetée. Je veux aller là où nous nous cachions quand nous étions enfants. S'il y a une vie après la mort, je suis sûre que c'est là que je trouverai le fantôme de David, assis sur une version céleste de sa moto de cross.

Il n'y a aucun fantôme, juste une bouteille vide de l'alcool préféré de David et Brian. Sans doute Brian est-il venu ici lui aussi pour faire son deuil.

Adossée à un des piliers, je m'assois sur le sable. C'était ma place, entre David et Brian. Combien de fois sommes-nous venus ici juste pour glander en regardant les vagues ?

« Tu me manques, Frérot », dis-je à haute voix à la plage vide. Pour toute réponse, j'ai le bruit des vagues et les cris lointains des mouettes.

Qu'est-ce que je pensais trouver ici ? Ce que je cherche n'y est pas. La magie de l'endroit a disparu.

De retour à la voiture, je redeviens raisonnable. Je m'installe au volant pour aller là où j'aurais dû me rendre dès le départ.

Le trajet jusqu'à l'hôpital de Point Lookout n'est pas long. Il est encore assez tôt pour que je trouve une place de parking proche de l'entrée. La réceptionniste me donne le numéro de chambre de ma mère.

C'est une chambre double, divisée par un rideau. Dans le premier lit, il y a une femme avec des pansements sur le visage. On dirait que quelqu'un a commencé à tenter de la momifier, puis s'est découragé, une fois la moitié du travail achevé. Les parties visibles de son visage ne laissent aucun doute sur les violences qu'elle a subies.

Ma mère est dans le second lit et tante Nancy, près d'elle dans un fauteuil. Elles sont toutes les deux endormies, mais, même en plein sommeil, Nancy à l'air plus vivante que Maman. Sa respiration est bruyante alors que celle de ma mère est parfaitement silencieuse. Je touche du bout des doigts l'épaule de Nancy. Elle ouvre les yeux et me sourit. Un véritable sourire. Elle est contente de me voir. Et puis son sourire se fige. Elle se souvient… David est mort.

Elle pose un doigt sur ses lèvres, me montre avec l'autre main ma mère endormie, puis pointe vers la porte. Elle se lève et nous sortons ensemble de la pièce. Elle me serre dans ses bras.

« Ma pauvre petite, me dit-elle.

— Ça va aller, je lui réponds en mentant. Je ne crois pas que cela ira à nouveau un jour. Pourquoi est-ce que tu ne rentres pas chez toi te coucher ? Je peux rester avec elle jusqu'à ce qu'elle se réveille. »

Elle me regarde et secoue les épaules.

« Non. Il y a des choses à faire, organiser l'enterrement, décider si tu veux faire la veillée chez toi ou dans un bar près du commissariat. »

Elle penche la tête pour me regarder.

« Tu veux que je le fasse ? Je pourrais, si tu choisissais de rester avec ta mère. »

Au ton de sa voix, je comprends que ce n'est pas ce qu'elle préférerait.

« Tu sais, le docteur m'a dit qu'il lui avait donné de quoi rester endormie pendant quelques heures encore, alors c'est idiot que tu restes là à la regarder dormir.

— D'accord, je vais m'occuper des démarches. Qu'est-ce que je dois faire ? Je n'en ai vraiment pas la moindre idée. »

Elle sort un bout de papier de sa poche et me le tend.

« Voici l'adresse des pompes funèbres les plus proches, et le nom de la personne à qui tu dois t'adresser pour récupérer les affaires de David au commissariat. C'est le commissaire Steven Williams. Il aura sans doute des papiers à te faire remplir et signer. Et tu pourras lui demander comment cela s'est passé. Personne n'a rien voulu me dire, à moi, quand j'ai demandé. Voilà, ne t'inquiète pas pour ta mère. Je la conduirai chez elle quand elle se réveillera, mais j'ai besoin d'un service.

— Tout ce que tu veux, Nancy, et je suis sincère. Je suis heureuse de savoir qu'il va y avoir quelqu'un qui reste au chevet de ma mère, et, cela, même si ça ne sert probablement à rien quand elle dort.

— En rentrant à la maison, arrête-toi à la pharmacie de la jetée pour prendre le traitement de ton oncle.

— Bien sûr. Tu as besoin d'autre chose ?

— Non, ça va. Tu me connais, j'ai toujours la maison prête pour faire face à une catastrophe, dit-elle en soupirant. Elle regarde sa montre et me dit :

— Allez, il est encore tôt. Je propose que tu m'offres une tasse du pire café de toute la Gold Coast à la cafétéria et que tu me tiennes compagnie pendant mon petit déjeuner. »

Je l'accompagne à la cafétéria de l'hôpital, effectivement, ils y servent le pire café que j'aie eu l'occasion de boire. Elle mange ce qui me semble être une viennoiserie toute sèche et me fait parler de l'université, de mes partiels et de mon boulot. Alors, pendant un moment, j'oublie pourquoi je suis rentrée. Lorsqu'elle a fini de manger, je jette le café auquel j'ai à peine touché, et Nancy m'accompagne jusqu'à la sortie.

Juste au moment où je m'apprête à partir, elle me rattrape.

« Il faut que je te dise quelque chose. Elle pose ses mains sur mes épaules et soupire. Tu vas sans doute entendre des horreurs pendant les jours à venir. Quand cela arrivera, je veux que tu te rappelles que, quoi qu'il arrive, je serai toujours là pour ta mère et toi. »

À peine sa phrase achevée, elle se retourne brusquement et s'en va.

Qu'essayait-elle de me dire ? Je reste plantée là comme une andouille, puis je sors. Je suis interloquée, mais je retiens mon envie de lui courir après pour lui demander des explications. Les mauvaises nouvelles arrivent toujours bien assez tôt.

Chapitre 4

Les pompes funèbres sont judicieusement installées à côté de l'unité de soins palliatifs. Cela me fait penser à Lyv, elle dit toujours que les trois critères fondamentaux pour choisir où installer un restaurant sont la situation géographique, la situation géographique et la situation géographique. Il n'y a pas que dans la restauration que c'est vrai, cela est aussi valable pour le marché de la mort.

J'ai une longue discussion avec le gérant. Il est tellement obséquieux que j'ai envie de le gifler. Il me parle comme si mon frère avait été un membre de sa famille et qu'il partageait mon chagrin. Personne ne peut se laisser avoir par ce baratin !

Bien sûr, il est très déçu par mon choix de cercueil et ma décision de tenir la veillée chez ma mère. Je ne suis pas certaine de la situation financière de ma mère et je ne vois pas l'intérêt d'investir une fortune dans un cercueil en chêne à l'intérieur capitonné de soie ou dans la location d'une salle de réception. Peut-être, que cela aide certains à gérer leur chagrin, mais pas moi, et puis ma mère est tellement à l'ouest qu'elle ne se rendra même pas compte de ce que j'aurai choisi.

Quand j'en ai fini avec lui, je vais jusqu'au commissariat, je me présente comme la sœur de David Mayfield. Le jeune officier de police à l'accueil me présente ses condoléances et m'installe dans une petite pièce sans fenêtre. On dirait une salle d'interrogatoire. Une minute plus tard, un homme plus âgé me rejoint et me serre la main. Il a un physique de lutteur et chacun de ses mouvements semble mettre les coutures de son costume à rude épreuve.

« Mademoiselle Mayfield, toutes mes condoléances, dit-il avec une voix rude. Votre frère était un jeune homme très bien. Venez avec moi, nous allons parler dans mon bureau. »

Je le suis à travers une grande salle où travaillent des hommes qui ont été les collègues de mon frère. Nous entrons dans un petit bureau avec une porte en verre. Il m'invite à me poser sur une des chaises qui font face à son bureau. Pendant qu'il s'assied dans son fauteuil de l'autre côté, je trouve le courage de lui poser la question qui me torture depuis hier.

« Comment mon frère est-il mort ?

— Comme un héros », me répond-il.

Soudain, il a l'air très mal à l'aise. Je suis sûre qu'il préférerait être en train de séparer les participants d'une rixe plutôt que de me parler, d'autant que je le regarde fixement pour le mettre au défi de ne pas m'en dire plus.

Il passe les doigts dans ses cheveux poivre et sel et me dévisage. Son regard azur est plein de bienveillance. Il est clair qu'il est en train de se demander ce qu'il va pouvoir me dire.

« Vous devez savoir qu'à la sortie de l'école de police, votre frère a décidé d'entrer dans une unité spéciale qui combat le crime organisé. »

Il fait une pause, et je hoche la tête comme si j'avais été au courant, mais, en réalité, je n'ai aucune idée de ce que faisait David. Lors de nos rares conversations au cours de ces deux années, il ne m'a jamais parlé de son boulot.

Choisissant ses mots soigneusement, l'homme ajoute :

« Il est entré dans cette unité en toute connaissance de cause. Il savait qu'il acceptait une mission très dangereuse.

— Il a été blessé par balle ?

— Mademoiselle Mayfield, il y a des choses que je ne peux pas vous révéler à propos du travail de votre frère, et puis il y a des détails que vous ne voulez vraiment pas connaître.

— Monsieur, vous n'avez pas besoin de me ménager. Je ne suis pas une enfant. Je suis étudiante en droit et je veux devenir procureur. De plus, j'ai une imagination débordante, alors ce que j'imagine est sans doute bien pire que ce qui s'est vraiment passé.

— Malheureusement, j'en doute, Mademoiselle.

— Mais il faut que je me prépare à ce que je vais voir, j'insiste. »

Il secoue la tête et me répond.

« Vous n'allez pas le voir. »

Je hausse les sourcils.

« Ce que je veux dire, c'est que vous ne devez pas le voir. Ce serait mieux ainsi. J'ai déjà identifié le corps, et garder le cercueil fermé c'est ce qu'il y a de mieux pour tout le monde. »

Il se lève et fait le tour de son bureau, une grosse enveloppe à la main. Je me lève aussi, mais la différence de taille entre nous est toujours impressionnante.

« Je vous dirais seulement qu'il a été salement amoché et que vous ne voudrez vraiment pas le voir dans cet état », me dit-il avec beaucoup de conviction.

Je comprends que je ne tirerai rien de plus de lui. Je le remercie en prenant l'enveloppe qu'il me tend et qui contient les formulaires que ma mère doit remplir pour bénéficier de je ne sais quels avantages en relation avec le décès de David dans le cadre du travail. Je lui demande où récupérer les affaires de mon frère, et il m'accompagne jusqu'à la réception et demande au jeune officier en uniforme qui m'avait accueillie d'aller chercher le carton. Le commissaire me serre la main et me quitte.

L'officier revient avec la boîte habituelle et se propose de m'aider en la portant jusqu'à ma voiture. Alors que nous y arrivons, j'ouvre le coffre et en déposant le carton, il me dit :

« Vraiment, toutes mes condoléances. J'aimais beaucoup votre frère.

— Vous avez travaillé avec lui ? Vous faites partie de l'unité spéciale ?

— Non, enfin, pas vraiment. Mon truc à moi, c'est plutôt le travail administratif. Mais, quand même, on était pote à l'école de police. Alors ; j'étais content de trouver une tête connue lorsque je suis arrivé ici.

— Vous avez fait l'école en même temps ?

— Oui, et nous étions souvent dans le même groupe, parce que nous étions proches dans l'ordre alphabétique. Je m'appelle Michael Mayfair, alors, Mayfair-Mayfield, on a souvent été côte à côte », me dit-il, et à voir le sourire sur son visage, il a plaisir à repenser à David.

« Appelez-moi Mike, s'il vous plait.

— Mike, je peux vous poser une question à propos de l'école de police ?

— Bien sûr, que voulez-vous savoir ?

— Qu'est-ce qui est arrivé à Brian Hatcher ? Qu'est-ce qu'il a fait pour se faire virer de l'école ? »

Le visage de Mike s'assombrit et il me répond :

« Franchement, à l'époque, je ne le savais pas. Votre frère et lui étaient comme cul et chemise. Ils étaient amis et en même temps ils se faisaient concurrence. C'était drôle de les voir lutter pour la première place. Ils avaient tous les deux des notes d'enfer, ils étaient doués pour tout, de la criminologie jusqu'au tir de précision. C'était nos stars, et la seule question qui restait à trancher était de savoir lequel des deux allait être le major de notre promo. »

Il reste silencieux un moment, contemplant le bout de ses chaussures en fronçant les sourcils, comme s'il cherchait à rassembler des souvenirs.

« C'était moins de deux semaines avant la fin des cours. Je m'en souviens parce que les derniers entretiens d'embauche avaient été organisés pour ceux qui avaient présenté des demandes particulières. David et Brian avaient brillamment réussi tous les tests de l'unité spéciale de lutte contre le crime organisé. Ils cherchaient des mecs à l'aise en moto, alors, bien sûr, ces deux-là étaient parfaits. C'est à ce moment-là que Brian a cessé de venir. On était tous sur le cul lorsqu'il ne s'est pas présenté aux entretiens et qu'il a été absent pour les examens de fin d'année. J'ai demandé à ton frère ce qui se passait et il m'a répondu qu'il préférait ne pas en parler. »

Mike hésite, alors je tente de le relancer avec une question.

« Vous ne saviez pas pourquoi à l'époque, mais vous savez maintenant ?

— Ben, j'ai croisé Brian, après, en ville, dit-il. Et cela n'avait aucun sens. Un jour Brian présentait sa candidature pour une unité spéciale, et le lendemain c'était un membre à part entière des Tornades d'acier. »

L'idée même que Brian rejoigne un gang de motards est tellement absurde que je suis sur le point d'éclater de rire, et puis je comprends. C'est le père de Brian qui est le président des Tornades d'acier.

La mise en garde de Nancy commence à prendre un sens.

Avant de partir, je remercie Mike pour son aide, et lui dis où auront lieu l'enterrement et la veillée.

Au volant, je tente d'apprivoiser cette idée absurde. Brian ne peut pas avoir rejoint les Tornades d'acier. Ils prétendent n'être qu'un simple club de motard, mais on parle d'eux trop souvent dans les journaux pour que cela soit vrai. Beaucoup de gens disent que les membres du club sont des dangers publics, et ils n'ont sans doute pas tort. Je me souviens, il y a quelques années, une jeune fille avait demandé la protection de la police après s'être enfuie du club. Elle avait dit que les boîtes de strip-tease qu'ils exploitaient étaient en réalité des bordels. À l'époque, on avait même parlé de rapports avec des mineurs.

Ce n'est pas possible. Brian, le héros de mon enfance, le rêve de mon adolescence, cet homme si gentil qui m'a bercée pendant que je pleurais hier et m'a tenu dans ses bras pour que je m'endorme… Non, il ne peut pas être devenu l'un d'eux.

Je me fais la leçon. Je suis une future avocate. Je devrais savoir qu'il ne faut pas se fier aux rumeurs. Je lui demanderai ce qu'il en est lorsque je le verrai à l'enterrement de David.

Chapitre 5

En sortant du commissariat, je vais au supermarché. Si je fais la veillée à la maison, il faut que je fasse les courses. Je parcours les rayons sans vraiment réfléchir et, en sortant, je me souviens d'une course à faire pour tante Nancy. Je me gare près de la pharmacie pour aller prendre les médicaments de Tony. En sortant, je passe à côté du rayon Planning familial, qui est le nom pudique que la pharmacie utilise pour désigner les étagères avec les préservatifs et autres lubrifiants. Il y a trois mecs devant l'étagère, en train de faire des plaisanteries salaces à propos des gels parfumés. Je suis sur le point d'ouvrir la porte pour sortir lorsque l'un d'eux m'attrape par le bras.

« Hé, p'tit cul, dit-il avec ce que je pense être son sourire le plus charmeur. Donne-moi ton avis. Quel parfum tu choisirais si tu devais me sucer ? »

Je cligne des yeux pour vérifier que je ne rêve pas et que ce crétin vient bien de me poser cette question.

« Je ne pourrais pas te dire, j'aime pas les Carambars. »

La réponse m'a échappée avant que mon cerveau n'enregistre le fait qu'ils portent des blousons aux couleurs des Tornades d'acier. Merde… moi et ma grande gueule !

Celui qui me tient le bras raffermit son emprise et me regarde aussi stupéfait que si je l'avais giflé.

Les deux autres mecs se retournent doucement pour me dévisager. Le silence se fait dans la boutique. Je jette un œil sur la femme qui tient la caisse et le client près du comptoir. Les deux me regardent les yeux écarquillés. Aucune aide à attendre de ce côté.

Alors, l'un des motards éclate de rire et donne une tape dans le dos de son pote.

« Hé bien Waxer, t'as la mémoire qui flanche. On dirait que tu te l'es déjà faite, et tu ne l'as pas impressionnée. »

Le visage de Waxer vire à l'écarlate. Je peux presque entendre les roues de son cerveau commencer à tourner au ralenti. Je ne sais pas s'il va me frapper, cogner son pote ou rire avec lui. Mais avant qu'il ne prenne une décision, quelqu'un ouvre la porte derrière moi et une main se pose lourdement sur mon épaule.

« Waxer, tu la lâches. Celle-là, elle est à moi », dit une voix familière derrière moi.

Mais Waxer ne lâche pas prise. Au contraire, il me broie le bras plus fort encore, puis me fait tourner jusqu'à me cogner le nez contre Brian.

Brian est habillé comme eux, l'uniforme complet du motard. Je suis trop proche de lui pour pouvoir examiner son blouson, mais je suis certaine qu'il porte les couleurs des Tornades d'acier.

« Si elle est à toi, t'as intérêt à lui apprendre les bonnes manières, grogne Waxer.

— Ouais, je sais. Elle a une grande gueule. » Il soupire et puis fait un clin d'œil à ses potes en ajoutant :

« Mais, d'un autre côté, c'est une des choses que j'aime chez elle. »

Je rêve !

Mon regard glisse de son visage à sa poitrine, et je suis sur le point de nier avoir quoi que ce soit comme rapport avec lui lorsqu'il tire brutalement sur ma queue de cheval pour lever mon visage vers lui. Son regard est si froid que je le reconnais à peine.

« Maintenant, présente tes excuses à mon frère », ordonne-t-il.

Je le regarde fixement et cligne des yeux plusieurs fois en me demandant dans quelle dimension alternative je viens d'être plongée.

« Allez, ma fille, tu nous as fait perdre assez de temps comme cela, dit Brian en tirant si fort sur mes cheveux que l'élastique cède. Je t'ai dit de t'excuser. »

Je constate qu'il ne plaisante pas du tout, et je réalise que c'est sans doute le gang sur lequel mon frère était en train d'enquêter. Ils ne sont pas simplement bruyants et insupportables, ils sont aussi dangereux. Il faut que je me protège avant que cela dégénère.

Je tourne la tête vers Waxer et les yeux rivés au sol, je murmure :

« J'm'excuse. »

Cela ne suffit visiblement pas parce que lorsque je me retourne, je vois, du coin de l'œil que Waxer secoue la tête.

« Tu te retournes complètement, tu le regardes dans les yeux et tu lui dis pourquoi tu lui demandes pardon », me dit Brian avec une voix glaciale.

Je me retourne, lève la tête et fixe Waxer.

« Je suis désolée de vous avoir manqué de respect. »

Je mords ma lèvre inférieure pour ne pas poursuivre… Oui, je suis vraiment désolée pour toi, parce que si ma réponse stupide sur la taille de ton sexe te choque tellement, c'est qu'elle a visé juste. Son pénis doit effectivement avoir la taille d'un bâtonnet de caramel pour qu'il réagisse ainsi.

« C'est mieux », dit Brian.

Il attrape à nouveau une poignée de mes cheveux et me tire hors de la boutique. Dès que nous sommes dehors, il me pousse contre le mur. Il est tout près de moi, sa respiration est haletante, et lorsque la porte se referme derrière nous, il murmure les dents serrées,

« Mais tu es devenue cinglée ? »

Il ne me laisse pas une chance de lui répondre, ses lèvres couvrent les miennes. Sa main est toujours serrée sur mes cheveux, il en profite pour pencher ma tête juste ce qu'il faut pour envahir ma bouche. Son baiser est violent et passionné, et il y a vraiment quelque chose qui cloche chez moi, car je fonds. Je n'arrive pas à croire à quel point ça me fait craquer lorsqu'il se conduit en homme des cavernes.

Je ne sais pas si c'est l'adrénaline de la confrontation avec les autres ou le fait que Brian ait fait des progrès certains depuis notre dernier baiser, mais mon corps me trahit et je me colle à lui. Sa main libre glisse dans le creux de mon dos et il pousse un genou entre mes jambes. Il me faut toute la force de ma volonté pour ne pas me frotter contre lui. Heureusement, avant que je ne me couvre de ridicule, il me lâche.

Je le regarde dans les yeux, et je ne peux rien lire sur son visage. C'est comme si ce n'était plus le même homme. Je reprends mon souffle et je frissonne. Oui, il y a vraiment quelque chose qui ne va pas chez moi : je trouve Brian-le-motard-mauvais-genre plus sexy encore que le gentil Brian qui me consolait hier soir.

C'est là qu'arrive la douche froide.

« Maintenant, casse-toi, p'tit cul. »

Je ne suis pas une experte en matière de culture des motards, mais je sais qu'un « p'tit cul » c'est une fille qu'on partage, et je lui en veux de m'appeler comme cela. Mais je suis tellement mortifiée par la réaction que je viens d'avoir, qu'il n'a pas besoin de me le dire deux fois. Je file vers ma voiture comme si j'avais le diable à mes trousses.

Avant de démarrer, j'ai le temps de voir les potes de Brian sortir de la pharmacie et d'entendre l'un d'eux lui dire :

« Hé, Ice, ta dynamite m'intéresse. Pense à moi si un jour tu veux partager ou si tu t'en lasses. »

Je n'entends pas la réponse de Brian, mais je me dis qu'Ice est un nom bien choisi pour le salaud froid comme la pierre que je viens de rencontrer.

Chapitre 6

Il est 8 h, et la plupart des gens ont commencé à partir. Ma mère est déjà allée se coucher. Elle a tenu le choc bien mieux que je l'imaginais. Le commissaire de David est resté à côtés d'elle au cimetière, et, lorsque nous sommes rentrés, il lui a parlé très longtemps. Ce qu'il lui a dit semble l'avoir aidé.

Je vais jeter un œil sur elle ; elle pleure. Je n'aurais jamais cru que quelqu'un puisse pleurer aussi longtemps. Je lui donne un verre d'eau et l'un des somnifères que le médecin lui a prescrit avant qu'elle ne quitte l'hôpital. Je les ai cachés dans ma chambre, par précaution. Je reste avec elle cinq minutes, jusqu'à ce qu'elle sombre dans un sommeil profond. J'espère que c'est un sommeil sans rêves, parce que, moi, je fais des cauchemars dans lesquels je vois David mourir de multiples façons épouvantables, et ce serait trop affreux si, dans ces cas-là, j'étais coincée dans mon rêve sans possibilité de me réveiller.

Je redescends et je bavarde avec une voisine. Elle me parle des souvenirs qu'elle a de David enfant. Et, bien sûr, elle commence à me raconter une histoire qui concerne Dave et Brian. Ces deux-là étaient inséparables. La voisine est assez futée pour ne pas me demander où est Brian, mais je sais qu'elle a bien remarqué son absence.

J'écoute à moitié l'histoire de ma vieille dame. Mon regard se perd à travers la fenêtre. Je regarde des hommes taillés comme des armoires à glace assis sur la balancelle du porche. Ils se sont présentés comme des membres de l'unité spéciale de David.

Ils parlent avec le commissaire. Celui-ci porte son uniforme d'apparat, et il arbore tellement de décorations sur sa poitrine qu'il me fait penser à un sapin de Noël. Il semble bien connaître tous les membres de l'équipe de David. Je ne suis pas vraiment surprise. Le commissaire respire une forme de puissance physique que je vois mal cantonnée derrière un bureau. Peut-être, lui aussi, a t-il fait partie de cette unité spéciale.

Ils se racontent des histoires vécues et, périodiquement, ils éclatent de rire. Mais ce n'est pas un rire naturel. Ils jettent la tête en arrière, et il est clair qu'ils font cela pour relâcher la pression face à une situation difficile. Enterrer l'un des leurs est sans doute l'une des choses les plus difficiles qu'ils aient à faire. Cela les confronte à leur propre mortalité.

Alors que je vais à la cuisine pour sortir des bières du frigo, je tombe sur Tony, qui est en train de traiter Brian de Judas et de bâtard. Nancy est assise sur un tabouret de cuisine et pleure doucement. Je suis choquée qu'elle ne se défende pas. D'habitude, si oncle Tony hausse le ton, il trouve avec Nancy quelqu'un à qui parler. Mais pas aujourd'hui. Aujourd'hui, elle est défaite. Ses épaules sont affaissées. Elle est comme une poupée de chiffon.

Tony quitte la cuisine par la porte de derrière. Nancy se redresse un peu et essuie ses larmes du dos de sa main. Elle me montre l'évier vide.

« J'ai rangé tout ce que je pouvais… » Elle n'arrive pas à finir sa phrase, sa voix est trop étranglée. L'expression triste de son visage lui ressemble si peu que cela me brise le cœur.

« Que se passe-t-il, Nancy ? Tu peux m'en parler.

— Non, fait-elle en secouant la tête. J'ai trop honte, murmure-t-elle, et elle recommence à sangloter sans pouvoir s'arrêter.

Je m'accroupis devant elle, comme Lyv l'avait fait devant moi, il y a une éternité de cela, et je prends ses mains dans les miennes.

« Mais de quoi as-tu honte ? Du fait que Brian n'est pas avec nous aujourd'hui ? »

Elle lève les yeux et hoche la tête. Je lâche ses mains pour prendre son visage entre les miennes. Je la regarde dans les yeux et je lui dis avec toute ma force de conviction :

« Tu n'as pas à avoir honte. Si Brian n'a pas jugé utile de venir à l'enterrement de mon frère, c'est le problème de Brian, pas le tien. Tu l'as élevé correctement. Toi et oncle Tony, vous avez fait votre travail et, aujourd'hui, c'est un adulte. Vous n'avez pas à répondre de ses actes et jamais, tu m'entends, jamais, je ne te ferai de reproches à propos de ce que Brian aura pu faire.

— Elle a raison, Madame », dit une voix basse derrière moi.

Je me retourne. Un des mecs de l'unité spéciale est entré. Je me rappelle son nom parce qu'il s'est présenté comme Ernest quelque chose, mais ensuite j'ai entendu ses collègues l'appeler Everest — sympa comme surnom pour un homme bâti comme une montagne, une montagne silencieuse, puisque je ne l'avais même pas entendu entrer.

« Vous n'êtes pas responsable des actions de votre fils », ajoute-t-il, avant de prendre deux canettes dans la bassine pleine d'eau et de glace sur la table de la cuisine et de ressortir.

Je souris à Nancy en lui disant :

« C'est l'avantage des hommes pas bavards. Ils sont directs. »

Elle me sourit à son tour et hoche la tête à nouveau.

« Je vais voir où est passé ton oncle. Il se sent encore plus coupable que moi. »

Je la prends dans mes bras, puis elle sort par la porte de derrière. J'espère qu'ils vont pouvoir se consoler l'un l'autre.

Je retourne dans le salon avec un plateau. Les voisins sont partis. Il n'y a plus qu'Ernest et le commissaire. C'est incongru de voir ces deux hommes sur les coussins fleuris de la balancelle de ma mère. Je les laisse à eux-mêmes et commence à débarrasser.

Pendant un instant, je me dis que je suis à New York au restaurant en train de nettoyer la salle après un service. Je peux rêver que, la semaine prochaine, je vais commencer mon stage dans le cabinet qui m'avait engagée pour leur programme d'été pendant huit semaines. J'aurais gagné un paquet d'argent et cela aurait fait une belle référence sur mon CV. J'aurais aussi vu à quoi peut ressembler la vie d'un avocat pénaliste.

Ils ont été très polis et courtois lorsque j'ai appelé pour leur dire qu'un problème familial m'interdisait de les rejoindre cet été. Toutefois, je suis sûre que je suis sur une liste noire qui fera obstacle à l'examen de toute candidature de ma part pour un autre stage dans ce cabinet.

Ma vie à New York me manque. Lyv me manque. Elle m'a appelé un jour sur deux pour me remonter le moral. Ce matin, elle m'a dit qu'elle avait vidé ma chambre et que toutes mes affaires étaient dans la cave du restaurant. Elle a aussi parlé au doyen de l'université de ma situation et m'a demandé si je voulais que mon dossier soit transféré vers une université de Floride

Je ne sais pas ce que je vais faire pour ma troisième et dernière année.

Que va devenir ma bourse si je change d'université ?

David avait pour habitude de dire : « Si ce n'est que de l'argent, ce n'est pas grave. »

Mais David est mort.

Je pose mon plateau sur la table de la cuisine, et je m'effondre.

J'ai gardé la tête haute toute la journée, mais maintenant les larmes que j'ai retenues sortent toutes en même temps. Je m'appuie contre le mur et me laisse glisser jusqu'au sol. Je pleure de toutes mes forces jusqu'à ce que la porte de la cuisine s'ouvre.

Le commissaire Williams et Everest entrent.

« Ah, vous êtes là, dit le commissaire. On vous cherchait. »

Je tente de me relever et de m'excuser, mais je n'en ai pas la force.

« Vous pouvez y aller, Monsieur, je vais rester avec elle un moment », dit Everest.

Le commissaire le remercie et s'en va.

Chapitre 7

Everest prend une autre bière dans la glacière et s'assoit sur le carrelage près de moi. Il est assez près pour que mon épaule soit contre son bras. Au bout d'un moment, je finis par me calmer et cesse de pleurer. Lorsque je reprends mon souffle, il me tend un mouchoir en papier. Je m'essuie les yeux et me mouche.

Everest a de très beaux yeux verts, presque la même teinte de vert que Brian. Mais la ressemblance s'arrête là. Everest a des cheveux blonds très courts avec une coupe presque militaire. Everest est sexy.

Qu'est-ce qui m'arrive ? Le baiser de Brian a réveillé ma libido. Elle était en sommeil depuis des années, mais, là, elle est parfaitement réveillée. *Franchement Lisa, tu penses à t'envoyer en l'air le jour de l'enterrement de ton frère ?* Oui, c'est certain, mais d'un autre côté, quelle belle façon de célébrer le fait d'être encore en vie ?

« Comment te sens-tu ? » demande Everest. Son regard est plein de compassion, mais pas seulement. Il y a une étincelle de quelque chose d'autre.

« Perdue... cassée... triste... en colère... et effrayée... », je lui réponds lentement en admirant la mer émeraude de ses yeux. Il a des cils incroyablement longs pour un homme.

« Tu veux m'en parler ?

— Non, pas vraiment. »

Mais comme c'est facile de se confier à lui, je commence à penser à haute voix.

« Il va falloir que je fasse face à cette situation. Il va falloir que revienne vivre ici, car ma mère ne peut pas vivre seule. Ce n'est pas la fin du monde, enfin, si j'arrive à finir mes études. À terme, tout va bien se passer… Et puis, même si je ne reste ici que cet été, je vais devoir trouver un boulot pour m'occuper jusqu'à l'automne. »

Everest rit quand je finis par me taire, je lui souris et lui demande ce qu'il y a de drôle.

« Hé bien si ça, c'est ce que tu dis lorsque tu n'as pas envie de parler, j'attends de voir ce que tu racontes quand tu te sens d'humeur bavarde. »

Je lui donne un faux coup de poing sur l'épaule et lui dis :

« Aujourd'hui il est interdit de se moquer de moi. »

Il penche la tête pour mieux me regarder.

« Alors il va falloir que je revienne un autre jour pour recommencer.

— Ce serait sympa. »

Ma réponse est spontanée. Je l'aime bien. Pour le moment, il a bon partout. Il n'est pas beau, mais pas désagréable à regarder, et il semble gentil et attentif.

« Ce qu'il y a de bien, c'est que ta mère ne pourra pas te faire le reproche de sortir avec un policier, dit-il.

— Et pourquoi cela ? »

Maintenant qu'il m'en parle, je réalise qu'au contraire ma mère va me conseiller de me tenir à distance d'un homme qui pourrait se faire tuer au travail.

« Tu plaisantes ? » dit-il.

Je secoue la tête pour lui indiquer que je ne sais pas de quoi il parle.

« Je pense que le commissaire Williams va vous rendre de nombreuses visites. Il a complètement craqué pour ta mère.

— Ah ben, ça, alors, jamais j'aurai cru... »

L'idée que ma mère puisse se faire draguer m'est tellement étrangère que je lui demande :

« Tu es sûr ?

— Pourquoi tu es surprise ? Ta mère est une très belle femme et elle a juste l'âge qu'il faut pour Steven. » Il rit à mon air surpris.

« Allez, il est l'heure de partir. »

Il se lève et me tend les mains pour m'aider à me lever. Ses mains sont chaudes et fortes. C'est vraiment un gentil garçon. Je le raccompagne à la porte, et il prend un casque qu'il avait laissé sur le porche. Je vois une superbe moto garée dans la rue.

« Jolie, dis-je.

— Tu aimes ? » me demande-t-il en descendant la marche. Il y a quelque chose qui pétille dans ses yeux lorsqu'il regarde sa machine, comme s'il en était véritablement fier.

« Ouais, je n'y connais rien en moteur et mécanique, mais j'adore la sensation de liberté. »

Des souvenirs de balades d'enfer sur la plage avec David me reviennent en pleine face, et je lutte contre les larmes qui menacent de remonter.

« Sois prudent ! », je lui dis, en battant en retraite jusque dans la maison.

La porte se referme derrière moi et je remets les meubles en place dans le salon. Je m'apprête à finir de tout rapporter dans la cuisine, quand je réalise qu'il faut que je laisse quelque chose à faire à ma mère pour demain. Cela lui fera le plus grand bien d'avoir de quoi s'occuper. Je vais juste charger le lave-vaisselle, et puis prendre un bon bouquin pour me changer les idées. À la seconde où je reviens dans la cuisine, la porte de derrière s'ouvre brusquement. C'est Brian. Il est habillé comme il l'était lorsque nous nous étions croisés à la pharmacie. Il a le *total look* motard et mauvais garçon. Il semble tout aussi en colère et aussi incroyablement sexy que ce jour-là.

Mais, aujourd'hui, je suis aussi en colère que lui. Sans doute plus. Je suis folle de rage qu'il ne soit pas venu au service ni à l'enterrement. Quoi qu'il ait pu se passer entre David et lui lorsqu'ils ont décidé de prendre des chemins divergents, cela ne peut excuser son absence. S'il n'en a rien à faire, il n'a aucune raison d'être ici.

Avant que j'aie le temps de dire quoi que ce soit, il prend une bière et se pose sur un tabouret.

Il ouvre la canette et lance :

« J'ai cru qu'il n'allait jamais partir. »

Je fais un pas vers lui pour me lancer dans une confrontation, puis me ravise. Je vais l'ignorer et continuer de faire ce que je voulais faire dans la cuisine. Je remplis le lave-vaisselle avec les verres sales. Je lui jette un regard en coin. Il boit sa bière et me regarde faire semblant d'ignorer sa présence.

Je sais que cela l'énerve, je fais cela depuis que je suis toute petite. Mon truc, c'est de ne rien dire et de faire la gueule, cela le rend fou. Cela énervait aussi beaucoup

David. J'ai continué à le faire lorsque j'étais ado à chaque fois qu'ils me mettaient en colère. Au lieu de leur dire pourquoi j'étais contrariée, je les ignorais jusqu'à ce qu'ils finissent par trouver.

Bien sûr, maintenant que je suis adulte, je me rends compte que ce n'est pas une conduite très mature. Il est bien plus sain de dire ce qui ne va pas au lieu de se laisser dévorer par la contrariété des jours entiers. Pourtant, aujourd'hui, je ne pense pas que je sois immature. S'il ne comprend pas pourquoi je suis en colère, c'est que nous n'avons plus rien à nous dire.

Une fois le lave-vaisselle chargé et fermé, je prends les quelques bières qui restent dans la glacière pour les mettre au frais. Je verse l'eau de la glacière dans l'évier et la laisse ouverte et retournée pour qu'elle sèche.

Voilà, j'en ai terminé. Je m'essuie les mains dans un torchon et lance un regard mauvais à Brian avant de me retourner et de sortir de la cuisine.

Chapitre 8

J'éteins la lumière, comme si Brian n'était pas derrière moi dans la pièce, et je l'entends siffler entre ses dents. Je commence à ouvrir la porte lorsqu'il bondit du tabouret et la referme du plat de la main. Je me retourne. Mon dos est contre la porte et je lui jette mon regard le plus glacial, mais j'ai le souffle coupé, parce qu'en réalité je suis en ébullition.

Mes yeux se posent sur ses lèvres, et j'ai tellement envie qu'il m'embrasse à nouveau que cela me fait mal.

« Tu ne veux pas parler, grogne-t-il. Ça tombe bien, je ne suis pas d'humeur à bavarder non plus. »

Et, là, il exauce mon vœu en m'embrassant, et je le laisse faire, je ne suis plus qu'une boule de désir. Je me rends compte que je suis cinglée, les gémissements qui m'échappent ne font que l'encourager. Mes doigts glissent dans ses cheveux, et je m'accroche à lui comme un naufragé à une bouée de sauvetage. Ses mains passent sur ma poitrine, puis sur mes fesses. Ses doigts s'enfoncent dans ma chair, et il me soulève. Il m'écrase contre la porte et c'est si délicieux que je ne veux pas qu'il s'arrête.

J'enroule mes jambes autour de lui, je veux plus, bien plus. Nous sommes bien trop habillés.

Lorsqu'il écarte sa bouche de la mienne, nous sommes tous les deux à bout de souffle.

Je le regarde dans les yeux. Son regard me renvoie en miroir le désir que j'ai de lui. C'est incroyable, mais il ne me reste même pas un soupçon de retenue. Je suis prête à tout. Je lâche ses cheveux et pose une main sur sa poitrine à côté d'un patch qui le désigne comme « futur donneur d'organe », et je ne trouve pas cela drôle du tout. Je déplace ma main et mes yeux tombent sur l'écusson des Tornades d'acier. Cela suffit à me faire redescendre sur terre.

Je n'en ai pas envie, mais il faut que je le repousse. J'ai besoin de savoir ce qui s'est passé entre David et lui. J'ai besoin de savoir, mais j'ai tellement peur de la réponse que la question qui m'échappe n'est pas celle que je voulais poser.

« Comment David est-il mort ? »

Brian desserre son étreinte et je déplie mes jambes. Mes pieds touchent le sol et nous ne sommes plus collés l'un à l'autre. Il ne m'a cependant pas encore lâchée.

« Tu ne veux pas le savoir », dit-il avec un ton similaire à celui du commissaire Williams. Il ferme les yeux et fait un pas en arrière.

« Si, je veux le savoir. Cela me ronge. Toutes les nuits, je le vois mourir de cent façons différentes, chacune plus horrible que la précédente.

— Ils ne t'ont pas laissé le voir, au moins ? »

L'inquiétude que j'entends dans sa voix me déchire. Elle signifie qu'il tient encore à moi, mais aussi que cela a dû être épouvantable.

— Non. »

Il laisse échapper un soupir de soulagement, et c'est à mon tour d'insister.

« Brian, j'ai besoin de savoir. Cela me rend folle. »

Il me regarde à nouveau et semble comprendre que j'ai vraiment besoin de connaître la réponse à cette question.

« Il était au mauvais endroit au mauvais moment. Il y a eu un combat au couteau et il a perdu. La lame a traversé sa poitrine. Il était mort avant d'avoir touché le sol. »

Il étudie ma réaction. Je garde une expression neutre pendant que je réfléchis à ce qu'il vient de me dire. Cela n'a aucun sens. Une plaie au couteau, c'est facile à dissimuler. On n'impose pas un cercueil fermé pour une blessure au couteau. Je secoue la tête et fronce les sourcils. Je ne le crois pas et il le comprend.

« Après cela ils se sont acharnés sur le corps... », explique-t-il.

J'essaye de me contenir, mais j'échoue lamentablement. La bile remonte, et j'arrive au-dessus de la poubelle juste à temps. Je suis tellement en colère que si je pouvais, je ferai bien volontiers la peau à celui qui s'est acharné sur le corps de mon frère.

Oubliés, tous les discours passionnés que j'ai pu tenir contre la peine de mort lors des plaidoiries universitaires. C'est une chose d'en parler du point de vue détaché d'un tiers, c'est tout autre chose lorsqu'il s'agit d'un membre de sa propre famille. Je me sens des envies de meurtre, je veux voir couler le sang.

« Et comment sais-tu cela ? »

Mon ton est indéniablement accusateur, et, l'espace d'une seconde, je lis de la détresse dans ses yeux. Il est plus choqué que si je l'avais giflé.

« C'est quelqu'un qui était présent qui me l'a dit. »

Son expression et le ton de sa voix marquent l'indifférence.

« Une chose est sûre, tu n'as pas ton pareil pour casser l'ambiance. »

Il se retourne et marche en direction de l'autre porte de la cuisine, il me fait un petit signe de la main.

« À la prochaine, p'tit cul. »

J'attrape la canette de bière qu'il a laissée sur la table et la jette vers la porte. Mauvaise idée. Il n'avait pas fini de la boire et maintenant il faut que je nettoie le liquide qui s'est déversé sur le sol. En passant un coup de serpillière, je recommence à pleurer. Et merde, je suis en train de me transformer en fontaine… ou en ma mère.

Je prends la résolution d'arrêter de pleurer et je tente de me raisonner. Après tout, il était déjà mort, alors, quelle importance ? Il ne restait plus rien qu'une coquille vide. Ce n'est pas comme si on lui avait fait du mal.

Ce sont des animaux pour s'être acharnés ainsi sur son corps.

Mais, aujourd'hui, le raisonnement logique est impuissant.

Ma mère ne doit jamais savoir. Si elle l'apprenait, cela la ferait basculer. Elle est déjà si fragile que je ne suis pas certaine d'être assez forte pour l'aider à tenir le coup.

Et si Everest avait raison ? Si le commissaire de David avait vraiment un faible pour elle ? Maintenant que je m'habitue à l'idée, je regarde ma mère sous un jour différent. Objectivement, elle n'est pas mal. Quel âge a-t-elle, d'ailleurs ? Cinquante-cinq ou 56 ans ? Quand j'étais ado, j'avais l'impression qu'elle était très vieille. Maintenant, je réalise que certains de mes profs de fac et certains des associés des cabinets avec lesquels j'ai passé des entretiens étaient probablement plus vieux qu'elle, et jamais je n'ai pensé que leur vie était terminée. Je savais qu'ils avaient des vies professionnelles riches, et sans doute des vies privées tout aussi actives. Alors pourquoi est-ce que je n'ai jamais vu ma mère ainsi ?

Ce n'est pas difficile d'imaginer ma mère avec le commissaire Williams, car il s'est tenu à ses côtés presque toute la journée.

Il est grand et protecteur, il devrait la mettre en confiance. Je me fais un film dans ma tête, je les vois l'un à côté de l'autre sur la balancelle en train de se tenir la main, je les vois s'embrasser, puis avancer ensemble au son de la marche nuptiale.

Mon imagination débordante les habille pour l'occasion, elle, d'une robe perle, lui, de son uniforme des grands jours, celui qu'il portait aujourd'hui. Elle semble heureuse…

C'est avec cette image en tête que je vais me coucher, le sourire aux lèvres.

Chapitre 9

Everest avait raison. La semaine qui a suivi l'enterrement, le commissaire — « je t'en prie, appelle-moi Steven » — Williams est venu nous rendre visite plusieurs fois. Officiellement, il s'est déplacé pour s'assurer que ma mère allait remplir correctement les formulaires qui vont lui permettre d'avoir je ne sais quelle pension, puisqu'elle vivait à la charge de David et qu'il est décédé dans le cadre de son travail.

Si Everest ne m'avait pas prévenue, ma réaction aurait été de lui dire que si j'ai réussi à intégrer une des meilleures écoles de droit du pays, ce n'est pas son dossier à la noix qui allait me poser problème. Mais comme il m'avait avertie, j'ai joué les blondes écervelées. Je l'ai remercié de sa disponibilité, et je les ai laissés assis côte à côte à la table de la salle à manger avec le dossier. Je leur ai servi un thé glacé, et je me suis éclipsée. Il est resté un moment, mais sans achever de tout remplir.

Le plus incroyable, c'est que je reconnais à peine ma mère, elle est toute guillerette, presque joyeuse. Je me pince pour vérifier que je ne rêve pas.

Bien sûr, après le départ du commissaire, mon naturel a repris le dessus, et je suis allée vérifier ce qu'ils avaient fait. Les formulaires n'avaient rien de compliqué, et, pourtant, ils n'avaient complété que la première des trois pages.

Oui, cet homme est intéressé, et ce qu'il y a de plus chouette, c'est qu'il ne la laisse pas indifférente non plus.

Elle a même accepté de sortir un soir avec lui.

« Ne soit pas ridicule ma chérie, ce n'est pas un rencard. Je ne fais que l'accompagner à un dîner de la police, me dit-elle en se préparant.

— Mais bien sûr ! »

Ce que j'ai envie de dire, c'est : « Mais, bien sûr, c'est pas un rencard, et c'est vrai que tu portes du noir et que noir, c'est noir. Cependant, il y a " noir deuil " et " noir sexy "... »

Je la regarde partir, puis je m'installe sur la balancelle du porche avec un livre pour attendre Everest. Je lui fais à dîner ce soir, ensuite, il m'aidera à décider quoi faire avec les deux motos de mon frère. Il va vérifier qu'elles sont en bon état. Celle que David conduisait le jour de sa mort vient juste de revenir de la fourrière de la police. La moto cross est plus légère, et je pense la garder pour moi.

Everest est tout sourire et il me fait penser à cette blague stupide de David :

« À quoi reconnaît-on un motard heureux ? je lui lance.

— Au nombre de moucherons qu'il a sur les dents, me répond Everest en riant. C'est crade, mais ce n'est pas faux. J'ai mangé plus d'insectes que je ne veux l'admettre. »

Il gare sa moto et ouvre une sacoche.

« Mon indic m'a dit que tu aimais le vin blanc, alors je t'en ai pris une bouteille. Moi je suis plutôt bière, mais la vendeuse m'a dit que le muscadet, c'est pas mal.

— Parfait, j'adore le muscadet. Vraiment, j'aime bien. Je n'y connaissais rien quand je suis arrivée à New York, et puis j'ai trouvé ce boulot dans un bon restaurant où la propriétaire fait prendre aux serveurs des leçons pour connaître les bases, tu sais, quel vin va avec quoi, et puis, après les cours, on fait des dégustations à l'aveugle. C'était chouette. Je ne suis pas une vraie connaisseuse, mais ce vin-là, j'aime bien. Cela accompagne bien le poisson, il faut qu'il soit frais... »

Je continue à papoter en finissant de préparer notre dîner. Je lui parle de Lyv et des collègues du restaurant, et j'explique à quel point c'est idéal parce que le restaurant est à proximité de l'université. Quand nous nous mettons à table, il arbore un sourire jusqu'aux oreilles.

« Qu'est-ce qu'il y a de drôle ? je lui demande.

— Maintenant, je sais à quoi cela ressemble quand tu es vraiment d'humeur bavarde, l'autre jour, tu étais vraiment sur la réserve. »

Je ris. Il a raison. Je suis très bavarde, et ce soir sans doute plus que d'habitude parce que je suis nerveuse. Je l'aime bien et j'aimerai bien passer du temps avec lui. Mais, en même temps, je ne veux pas qu'il se fasse des idées.

J'apprécie sa compagnie, mais je ne cherche pas un mec. La mort de David m'a laissée trop à vif pour que j'envisage quoi que ce soit en ce moment. Et puis il y a Brian. Je ne sais pas quoi en penser, en fait, je m'efforce de ne pas y penser ; et cela me demande bien des efforts. En vérité, c'est une tâche impossible car il n'y a pas un recoin de cette maison qui ne soit pas associé à un souvenir que j'ai de David et de lui.

Je ne sais pas comment expliquer à Everest que si lui et moi on doit se voir, il faudra y aller doucement. Si cela se trouve, je n'aurai pas besoin de lui dire quoi que ce soit, il veut juste être mon ami ou alors juste un coup pour le plaisir, mais sans plus. J'arrête de parler.

« T'inquiète, me dit-il. Tu es en sécurité avec moi. Ce soir, c'est juste un dîner, peut-être une petite balade sur la plage avec un petit bisou.

— Est-ce que j'ai l'air inquiète ? » je lui demande en rougissant. La chaleur sur mes joues est indéniable.

« Non. Ne te fais pas de soucis je ne lis pas en toi comme dans un livre ouvert… pas encore. »

Il boit un peu en continuant de me dévisager et ajoute.

« C'est ça, mon truc, je lis les gens. »

Je lève les sourcils.

« Il y a de petits gestes que tu fais qui me montrent que tu n'es pas totalement à l'aise avec moi. C'est normal, on se connaît à peine. Mais en même temps tu es très ouverte et tu me parles sans réserve ce qui me montre que tu as décidé que tu pouvais me faire confiance. Alors, je pense que tu m'aimes bien, mais que tu ne veux pas te précipiter dans quoi que ce soit parce qu'il y a eu trop de bouleversements dans ta vie récemment. »

Je hoche la tête. Il est proche de la vérité.

« Tu as quelqu'un à New York ? demande-t-il.

— Non, mes romans de nana sont les seules choses excitantes qui m'ont bercée ces dernières années. Et toi ? Il y a quelqu'un dans ta vie ?

— Cela fait un moment que je suis seul, mais, avant, j'ai vécu avec une fille pendant deux ans. Pendant une période, j'ai cru que c'était la bonne.

— Et qu'est-ce qui t'a fait comprendre que ce n'était pas le cas ?

— Le fait qu'elle m'ait largué le jour où j'ai décidé d'utiliser ce que j'avais appris pendant mes études de psycho en travaillant dans la police plutôt qu'en étant thérapeute. »

Sa réponse n'est pas amère, juste un peu triste.

« C'était quoi son problème ?

— Officiellement, c'était le danger auquel j'allais être exposé. En vérité, c'était le statut social et le salaire. Quelques mois après notre séparation, elle a épousé un docteur.

— Si elle t'a vraiment larguée à cause du montant de tes revenus, alors tu n'as rien perdu.

— C'est drôle, c'est mot pour mot ce que m'a dit ma mère, répond-il, amusé.

— Ta mère est une femme très avisée. »

Nous finissons de manger, et il m'aide à débarrasser la table.

Chapitre 10

J'abandonne la vaisselle sale dans l'évier, et nous allons au garage, j'allume les plafonniers et ouvre la porte coulissante pour qu'on regarde les motos de David. Everest trifouille la plus grosse, celle qui vient de revenir de la fourrière, et il la sort pour faire le tour du pâté de maisons avec.

Pendant que je l'attends, j'entends quelques motards qui passent devant la maison, en groupe. Ce n'est pas inhabituel, car ma rue relie deux routes principales, mais, tout de même, ils me font sursauter. Soudain, je me sens vulnérable. Je suis seule dans la maison et les lumières au-dessus de l'établi de David sont tellement puissantes que je ne peux rien voir de ce qui se passe dehors. Je fais une cible idéale. Au bruit, j'ai l'impression qu'ils ralentissent en passant devant chez moi, mais c'est probablement mon imagination qui fait des heures sup.

Je me secoue pour chasser mes idées noires. Il faut que je me reprenne. Everest revient rapidement de son tour d'essai.

« Elle est en parfait état, dit-il en faisant rouler ce monstre dans le garage.

— On voit que ton frère en prenait grand soin. Cependant, je suis d'accord, elle est trop lourde pour toi. »

Il se tourne vers l'autre moto qui est plus haute et plus légère, c'est celle sur laquelle David m'a appris à conduire. Celle sur laquelle il ne voulait pas que je me balade seule. Il m'a appris à conduire parce qu'il pensait qu'il s'agissait d'une des choses que je devais savoir faire. À l'époque, il pensait sans doute qu'il y aurait toujours Brian ou lui pour me balader.

Avant qu'il ne retire son casque, j'attrape le mien et je monte sur la machine la plus légère.

« Allez viens, je t'emmène en balade, je lui fais en démarrant. »

L'expression sur son visage est impayable, tellement il y a d'émotions qui s'entrechoquent, mais ce qui prédomine, en fin de compte, c'est la surprise et l'amusement. Il ne se dégonfle pas, il monte derrière moi, et je me demande s'il est courageux, suicidaire ou confiant. Je ne le sens pas tendu du tout lorsqu'il glisse ses bras autour de ma taille.

Nous descendons la rue qui va vers la plage. Cela fait longtemps que je n'ai pas été aussi détendue. J'adore cette sensation de liberté qu'on a en roulant, sauf que, là, cela va au-delà des sensations physiques habituelles. Il y a cette sensation de détente qui vient du fait que j'ai bu un verre de vin, les vibrations du moteur entre mes jambes, et puis le corps ferme d'Everest dans mon dos, ses mains sur mon ventre… Je suis distraite.

Lorsque nous arrivons sur le sable, j'ai de plus en plus de mal à me concentrer sur la conduite. Je roule jusqu'à la jetée où je peux appuyer la machine sur l'un des poteaux.

Lorsqu'Everest descend de la moto, je me rends compte que lui aussi a été un peu *distrait.* Nous retirons nos casques et nous installons sur le sable. Le bruit des vagues est apaisant et la lune assez forte pour que je puisse étudier son profil pendant qu'il regarde l'océan.

« C'était intéressant, dit-il avec un sourire en coin. Je n'avais jamais fait de promenade derrière une femme, auparavant.

— Qu'est-ce que ça change ? » je lui demande, avant que mon cerveau ne se mette en marche. *Ah oui, son sexe, mes fesses, les vibrations...*

Il se tourne vers moi et rit. Je deviens cramoisie, j'en suis sûre.

« Oublie la question. »

Nous nous allongeons tous les deux sur le sable pour regarder les étoiles et restons silencieux un moment.

« Vous allez chopper les ordures qui ont tué mon frère ? » je lui demande brusquement.

Avant de répondre, il me prend la main.

« Tu sais bien que je ne peux pas parler des affaires en cours.

— Je le comprends et je ne veux pas de détails. Vraiment, ce n'est pas cela. J'ai juste besoin de savoir que vous faites ce que vous pouvez pour que cela ne se reproduise plus. »

Et puis je vais à la pêche aux informations afin de savoir si je ne me plante pas complètement quand je pense que le groupe de lutte contre le crime organisé enquêtait sur le club de motard.

« Ce serait pas mal si vous débarrassiez les rues de ces Tornades d'acier.

— Il y a des gens qui parlent trop », me dit-il tombant dans mon piège. Il se tourne sur le côté face à moi et me demande.

« Qui est ce qui t'a mis ces idées dans la tête ? »

Je lance un regard dans sa direction, il a vraiment l'air contrarié. Mais, en fait, c'est grâce à lui que j'ai maintenant une certitude sur ce point. Le commissaire Williams avait juste parlé de l'unité spéciale de lutte contre le crime organisé. Mike a juste noté à quel point il était ironique d'avoir vu Brian poser sa candidature pour cette unité spéciale avant de rejoindre le club. Avant de voir la réaction d'Everest, je n'avais que des doutes. Mais je ne vais pas lui expliquer que c'est lui qui s'est vendu.

Je décide de le distraire pour changer de sujet, alors je roule sur le côté à mon tour, face à lui. Je plane un peu. C'est sans doute plus à cause de l'adrénaline de la balade que du vin, mais qui sait ? Je me lance.

« Tu n'avais pas parlé d'un petit bisou ?

Du coup la contrariété disparaît de son visage. Il sourit et dit :

« Absolument !

— Le cadre est parfait, tu as l'océan, le quartier de lune... »

Il n'a pas besoin que je le motive davantage puisqu'il se penche sur moi et couvre doucement ma bouche avec la sienne. Il mordille doucement ma lèvre inférieure jusqu'à ce que je m'ouvre à lui, et, là, je crois que nous allons au-delà du “ petit bisou ”.

Je me sens toute chose. C'est doux, agréable, délicieux. Je ne m'embrase pas, mais je ressens une douce chaleur très plaisante. Avec lui, je me sens en sécurité et, à l'instant, la sécurité c'est tout à fait ce dont j'ai besoin.

Il me prend dans ses bras et se remet sur le dos m'entraînant avec lui. Ma tête repose sur sa poitrine.

« Tu sais, j'ai bien cessé d'y penser un moment, mais je n'ai pas oublié ma question. »

Je ris.

« Je ne révélerai pas mes sources. Je t'avouerai simplement que j'ai piégé quelqu'un pour lui faire dire quelle était la mission de l'unité spéciale. Je ne veux pas qu'il ait des ennuis alors je ne t'en dirai pas plus.

— Je trouverai bien, assure-t-il.

— Mais non. J'ai parlé à presque tous tes collègues après l'enterrement, tu n'as aucun moyen de savoir qui m'a renseignée », je lui assène afin qu'il ne suspecte pas Mike qui est retourné au poste juste après la cérémonie.

— On verra bien. »

Et, maintenant, je me rends compte qu'il va en faire une question de principe.

« Si on rentrait ? Et si tu veux, je te laisse conduire. »

Le trajet du retour est bien plus agréable que l'aller, mais bon, lui, il conduit tous les jours alors que, moi, cela faisait des mois. C'est mon excuse, il m'en faudra une autre la prochaine fois, s'il y a une prochaine fois.

Nous arrivons à la maison en même temps que ma mère et le commissaire Williams. Il y a un léger malaise lorsque les deux hommes se saluent et partent rapidement.

Ma mère me dit qu'elle est très fatiguée et qu'elle va se coucher. Il est tard pour elle. Je ne m'attendais pas à ce qu'elle rentre à cette heure-ci. Je l'embrasse et je ferme la porte.

Je suis trop tendue pour dormir et j'ai juste ce qu'il faut pour m'occuper : la cuisine à nettoyer.

Chapitre 11

Ma mère a le sommeil léger lorsqu'elle ne prend pas de somnifères, alors je mets le son de la radio au plus bas et tente de faire le moins de bruit possible en chargeant le lave-vaisselle, puis en lavant les casseroles. Plus qu'à m'occuper des ordures, et j'aurai fini. Sortir les poubelles jusqu'à la rue, c'est la plaie. Je m'assure que les couvercles sont bien fermés pour éviter que les ratons laveurs ne viennent les renverser. En me retournant, je vois Nancy qui sort les siennes et je vais l'aider.

« Comment ça va, Lisa ?

— Ca peut aller, et toi ?

— Ça va. » Son expression indique le contraire.

Je sais qu'elle est contrariée à cause de Brian. Je suis sûre que la plupart de nos voisins se demandent pourquoi Brian n'est pas venu à l'enterrement de David et, même si aucun d'entre eux n'a eu le culot de lui poser la question directement, tous ces ragots doivent l'énerver. Cela pèse aussi sur sa relation avec Tony. Je ne sais pas quoi lui dire, alors je me contente de l'embrasser et de lui souhaiter une bonne nuit.

Lorsque je reviens par la porte de derrière, la lumière est éteinte dans la cuisine. C'est étrange, j'étais certaine de l'avoir laissée allumée puisque je ne sortais que pour une minute. Je tends la main vers l'interrupteur, et Brian l'attrape et m'entraîne à l'intérieur.

Je ne crie pas, car je sais que c'est lui à la seconde où il me touche. Il me serre contre lui et pose un doigt sur mes lèvres. Nous attendons en silence jusqu'à ce que nous entendions sa mère refermer une porte derrière elle. Il ferme ma porte et me fait entrer jusqu'au fond de la cuisine là où personne ne peut nous voir de l'extérieur. Il me tient toujours contre lui, et je ne le repousse pas. Mon cœur bat la chamade.

« Qu'est-ce que tu fais ici ? je lui demande, en levant les yeux vers lui.

— Je vérifie que tu vas bien », dit-il en poussant une mèche de cheveux de mon visage et ce geste tendre me va droit au cœur.

Je tends une main vers son visage et touche la barbe naissante sur sa mâchoire du bout des doigts. Toutes mes questions sortent en vrac.

« Qu'est-ce qui t'est arrivé ? Pourquoi n'as-tu pas fini l'école de police ? Qu'est-ce qui s'est passé entre David et toi pour que tu ne viennes même pas à son enterrement ? Qu'est-ce que tu fais de ta vie ?

— Assez de questions, Maître », me dit-il, avant de m'embrasser.

L'idée de résister me traverse l'esprit, mais elle est rapidement chassée par l'image de tous ses vieux westerns dans lesquels la fille tapote de ses petits poings rageurs le héros avant de s'abandonner dans ses bras. Je choisis d'éviter de jouer cette scène.

Je glisse mes doigts dans ses cheveux et je perds toute notion de temps. Je me perds dans l'instant, et quand il me laisse à nouveau respirer, je le supplie.

« Parle-moi Brian, s'il te plait. »

Il appuie ma tête sur sa poitrine et soupire.

« C'était pas une bonne idée. »

Il commence à me repousser, mais j'attrape son tee-shirt à pleines mains pour le retenir et en parlant aussi fort que possible sans élever le ton.

« Oh non, tu ne vas pas me refaire le coup. Tu ne peux pas débouler ici, m'embrasser comme si tu étais raide dingue de moi et puis te tirer. »

Il éclate de rire et se dirige vers la porte de la cuisine.

« Brian Hatcher, je te jure que c'est la dernière fois que tu me fais cela.

— Mais bien sur, p'tit cul », répond-il en sortant.

Cette fois-ci, je n'ai rien à jeter et ce n'est pas plus mal, je ne suis pas d'humeur à nettoyer le sol de la cuisine, sauf s'il était couvert de sang, de préférence, du sien.

Je monte dans ma chambre de très mauvaise humeur. Quel est le problème de Brian ? C'est un salaud et un allumeur ? Et moi, c'est quoi mon problème ? Assise sur mon lit, je suis prête à me taper la tête contre le mur lorsque la porte s'ouvre. C'est ma mère, elle est en robe de chambre, et ses cheveux ont été libérés du chignon dans lequel elle les emprisonne toute la journée. Pendant un court instant, je crois voir la jeune fille qu'elle était lorsqu'elle avait mon âge.

« Ça va, Maman ?

— Je n'arrivais pas à dormir et puis je t'ai entendu monter. J'ai pensé qu'on pourrait parler », me dit-elle, un peu hésitante.

Je me glisse au pied du lit et pose la main sur le matelas à côté de moi pour l'inviter à s'y asseoir.

« Bien sûr, de quoi veux-tu parler ? D'un charmant commissaire de police ? »

Elle est adorable lorsqu'elle rougit. Elle se pose sur le lit, pose son bras sur mon épaule et tire ma tête sur ses genoux. Je pose ma joue sur sa jambe et tente de me rappeler la dernière fois que je me suis allongée comme cela. Un parfum d'enfance remonte à la surface, je me souviens qu'il y a des années elle me racontait des histoires pour m'endormir.

Elle me caresse les cheveux puis commence à parler.

« Oui, on pourrait commencer par ça, et l'on pourrait aussi parler de Brian. Je l'ai entendu partir à l'instant. »

Je hoche la tête et elle continue.

« Je me disais bien que même s'il ne vient plus voir Nancy, il ne pourrait pas s'empêcher de venir te voir. »

Je tourne la tête pour étudier son expression. C'est drôle, je croyais qu'elle vivait dans son propre monde alors qu'en réalité elle observait ce qui se passait autour d'elle.

« Tu sais que ce n'est jamais une bonne idée de courir deux lièvres en même temps ? Il faut que tu choisisses, c'est Brian ou ce jeune policier, Ernest, je crois.

— Je sais, Maman, Ernest est gentil, mais, Brian, c'est... »

Je n'arrive pas à trouver des mots qui ne lui feraient pas de peine. David et Brian étaient les deux piliers de ma vie. Je croyais que, quoi qu'il arrive, ils seraient toujours là pour moi. Maintenant que David est parti, je n'arrive pas à renoncer à Brian. Pas tout de suite. C'est le seul point d'ancrage qui me reste. Même si tout me dit de lâcher prise, même si tout me pousse à penser qu'il a changé, et pas en bien, je ne peux pas renoncer à lui.

« Brian était ton premier amour et sans doute penses-tu que tu l'aimes encore, mais il ne faut pas que cela t'empêche de vivre ta vie, me dit ma mère. »

Elle me sent me raidir et continue à me caresser les cheveux.

« Quand ton père est décédé, j'ai cru que j'étais morte aussi. S'il n'y avait pas eu ton frère et toi, je l'aurais rejoint dès le lendemain. J'ai eu l'impression que quelqu'un m'avait arraché le cœur.

J'étais vide et je suis restée comme cela jusqu'à ce que David meure à son tour.

Son décès a été un choc salutaire. Je me suis rendu compte que j'avais gaspillé un temps très précieux. On a bien peu le temps de vivre et d'être heureux. Quand je me suis tenue devant la tombe de David, j'ai juré de recommencer à vivre. J'ai décidé de profiter de tout ce dont je pourrai encore profiter, et, là, il y a eu un miracle, il y avait cet homme adorable qui se tenait à mes côtés. »

Un sourire se dessine sur mes lèvres parce que l'adjectif — adorable — n'est pas celui qui me semble le plus approprié pour décrire cet homme.

« Qu'est-ce qui te fait sourire ? demande-t-elle.

— Ta description du commissaire Williams... Je veux bien qu'il soit fort, puissant, peut-être même bel homme dans un style un peu brut et même impressionnant. Mais *adorable* ? Non, ce n'était pas dans ma liste. »

Elle rit, et je me rends compte que cela faisait des années que je n'avais pas entendu son rire. Cela me met les larmes aux yeux.

« Oh, Maman. Je suis contente que tu sois revenue de là où tu t'étais perdue toutes ses années.

— Moi aussi, ma chérie, moi aussi. »

Chapitre 12

Une autre semaine est passée, et je commence à m'inquiéter à propos de mes revenus. Je me suis présentée dans plusieurs restaurants du coin, mais sans succès. Le problème, c'est que je ne raconte pas de bobards à propos de ma situation. Je leur dis qu'ils pourront m'exploiter tout l'été, mais que je ne suis pas certaine de rester à l'automne, car je pourrais être partie et que, même si je reste, je ne pourrai plus travailler que le soir et les week-ends. Du coup, on hésite à m'engager. Il n'y a pas des masses de travail pendant l'été. La saison pleine en Floride, c'est l'hiver, après Thanksgiving, lorsque les retraités du Nord migrent vers le Sud.

Je suis installée à la table de la cuisine avec ma mère en train de mettre des quartiers de pomme dans une tarte qu'elle prépare pour le commissaire — « appelle-moi Steven puisqu'on est presque famille maintenant » — Williams, lorsque le téléphone sonne. Ma mère répond.

« Oui, Monsieur, de la part de qui s'il vous plait ? Une minute, je vais la chercher. »

Elle pose la main sur le combiné, et me fait : « C'est le gérant du restaurant Les Délices. »

Je m'essuie les mains et prends le téléphone.

« Lisa Mayfield à l'appareil.

— Bonjour, Lisa, c'est Thierry, des Délices. Je t'appelle pour te dire que tu as le boulot. Tu peux remercier ton ancienne patronne. Elle ne tarit pas d'éloges sur toi. Elle m'a presque ordonné de t'engager pendant que j'en avais encore l'opportunité, explique-t-il en riant.

— Je ne manquerai pas de l'appeler pour la remercier. Je commence quand ?

— Dimanche, pour le brunch. Début de service, 10 h.

— Merci, Monsieur, je serai là. »

Je raccroche et suis prête à sauter de joie. Au vu de mon large sourire, ma mère dit :

« Je vois que tu as eu le poste.

— Oui, grâce à Lyv. J'adore cette femme. Il faut que je lui envoie des fleurs ou quelque chose.

— Je ne comprends toujours pas pour quelle raison tu n'es pas retournée à New York pour ton stage d'été ni pourquoi tu n'en as pas cherché un ici dans un cabinet local », insiste-t-elle.

J'ai essayé de lui faire comprendre cent fois comment fonctionne le système des stages d'été, que les places sont réservées presque un an à l'avance, mais elle ne comprend pas.

En réalité, elle a raison, cela n'aurait rien coûté d'essayer, mais je ne me suis pas lancée dans cette recherche. La véritable raison pour laquelle j'ai cherché dans la restauration, et pas dans le droit, est que j'ai encore des doutes sur son état. Elle est fragile, et, certains jours, elle a encore l'air perdue. Je voulais être en mesure de donner ma démission du jour au lendemain si elle craquait. Et, cela, je peux le faire dans un restaurant, alors que je me saborderais si je le faisais dans un cabinet local après avoir planté un cabinet de New York.

Je hausse les épaules et place le reste des morceaux de pommes dans la tarte. J'abandonne ma mère dans la cuisine, et elle met à fond la radio sur sa chaîne préférée de rock classique. Elle chante *Gloria* de Van Morrison quand je sors de la cuisine. Je monte les marches en l'entendant épeler le prénom à tue-tête. Parfois, je me dis qu'un extraterrestre a pris possession de ma mère.

Ce soir, Everest m'emmène à un festival de rock. C'est un événement qui dure plusieurs jours avec plein de groupes différents. Je me prépare dans ma chambre. Nous y allons avec deux de ses amis de l'unité spéciale.

J'adopte le look motard. Mon pantalon de cuir, un tee-shirt blanc, des bottes de moto et le vieux blouson de David, celui qu'il portait quand il était gamin. Je sais que c'est ridicule, mais quand je l'enfile, j'ai l'impression qu'il n'est pas vraiment parti. Comme si son esprit était incrusté dans le cuir. Lorsque je redescends dans la cuisine, ma mère me regarde avec attention.

« J'ai l'impression de te revoir à 18 ans.

— Merci, Maman. Mais ne m'attends pas. Si les groupes sont bons, on va sans doute rester tard.

— Pas de souci, amuse-toi bien ! » Elle sourit, et j'ai du mal à croire à qu'elle ait changé à ce point, ces dernières semaines. C'est comme si elle avait absorbé toute la joie de vivre que Nancy a perdu. Je suis navrée pour ma tante, mais je ne sais pas quoi faire pour elle.

J'entends le bruit des moteurs dans la rue, et je sors par la porte du garage avec mon casque. J'adore le vent dans mes cheveux, mais je préfère que mon cerveau reste dans ma boîte crânienne. La sécurité avant tout.

Je lis dans le sourire d'Everest qu'il aime ma tenue, et, quant à moi, je le trouve pas mal du tout. Je fais un signe de la main à l'autre couple, Thomas et Catherine et brosse les lèvres d'Everest avec les miennes avant de grimper derrière lui. Je l'aime beaucoup, il est gentil et, surtout, il est très patient avec moi.

On arrive au site du festival qui est immense. Je ne crois pas avoir déjà vu autant de personnes réunies en un seul lieu. C'est impressionnant, mais je suis encadrée par trois policiers d'une unité spéciale, on ne peut pas avoir meilleure protection, d'autant que, lorsque j'étais derrière Everest, j'ai pu sentir qu'il était armé.

Nous trouvons un endroit correct avec un sol assez dur pour garer les motos. Everest cherche tout de même un caillou à glisser sous la béquille, par prudence. Je ne fais aucun commentaire, car s'il y a une chose que j'ai apprise en observant mon frère avec sa moto, c'est qu'il ne faut pas se moquer des attentions qu'a un motard pour son premier amour.

Je regarde les machines briquées autour de moi. Si les propriétaires des plus impressionnantes avaient acheté un bijou à leur femme à chaque fois qu'ils ont rajouté un accessoire chromé à leurs motos, ces pauvres filles seraient tellement chargées d'or qu'elles ne pourraient plus se déplacer.

« Prête ? me demande Everest.

— Oui, Chef, je te suis. »

Nous nous rendons pas trop loin de la scène principale lorsqu'un groupe commence à jouer, et la musique est bonne. Nous sommes rapidement entourés d'une foule dont les membres semblent un peu bourrés, mais ils ont l'alcool joyeux, à moins que ce soit autre chose qui les fasse planer. Je prends une grande respiration et souris à Everest qui me sourit en retour.

Oui, ce soir, je vais me lâcher.

Chapitre 13

Au bout d'un moment, Thomas et Catherine décident qu'il est l'heure de manger. Nous les suivons jusque dans un coin où des camionnettes se sont installées. Il y a des tables comme dans une aire de pique-nique. Catherine et moi nous installons à une table pendant que les garçons vont chercher à manger.

« J'aimais bien ton frère, me dit Catherine. On va trouver ceux qui lui ont fait cela et on dormira tous bien mieux.

— Merci. » C'est tout ce que je trouve à lui dire. Ce n'est pas que je n'ai pas envie de lui parler, mais juste que je ne sais pas trop quoi lui dire. Elle m'intimide un peu, aussi. Je suis sûre qu'il lui a fallu beaucoup de courage et une forte personnalité pour réussir à se faire admettre dans l'unité spéciale. Catherine me démontre qu'elle est aussi persévérante, car elle ne se laisse pas décourager par la brièveté de ma réponse.

« J'ai entendu dire que ta mère sort avec le commissaire Williams, me dit-elle. Je t'avoue que je serais curieuse de le voir draguer. C'est quoi son style ? »

Cette question me décoince et je lui raconte à quel point il est attentif et dévoué avec ma mère et que cela leur a pris une bonne dizaine d'heures pour remplir les trois malheureuses feuilles du formulaire d'assurance. Les mecs reviennent avec de la bière fraîche, du poulet et des frites. La nourriture n'est pas mauvaise, et Thomas et Catherine me racontent comment ils ont commencé par faire semblant de sortir ensemble à l'occasion d'une mission d'infiltration.

« J'ai eu du mal à croire à ma chance quand je me suis rendu compte que son cerveau était aussi génial que son sourire », dit Thomas.

Catherine lève les yeux au ciel et me regarde en disant :

« Parce que, bien sûr, une fille, si elle est mignonne, est soit idiote, soit superficielle.

— Mais tu es bien plus que mignonne », est la réponse qui me vient spontanément.

Catherine éclate de rire et m'explique :

« Avant, cela me rendait dingue qu'on me parle comme si j'étais idiote parce que je suis jolie. Maintenant, j'ai décidé de tirer profit de cette idée préconçue à chaque fois que je peux le faire. »

Je suis en train d'essuyer un peu de ketchup du coin de la bouche d'Everest lorsqu'il se raidit et regarde derrière moi en fronçant les sourcils. L'expression de Thomas change aussi, et je suis sur le point de me retourner pour comprendre ce qui se passe lorsque Catherine met sa main sur la mienne et me dit :

« Ne bouge pas et continue de parler. »

Elle regarde Thomas qui secoue sa tête et pose sa main sur la table avec le pouce replié. Je tente de trouver quelque chose à répliquer, mais c'est le vide complet. Je cherche l'inspiration autour de moi, et mes yeux se posent sur une affichette du festival que quelqu'un a collée sur une des camionnettes.

« Combien de groupes participent-ils à ce festival ? »

Mais je parle toute seule. C'est fascinant de voir Everest se transformer d'un mec cool en officier de police aux aguets. Il fait comme s'il se grattait le dos, mais je pense qu'il est en train de se saisir de son arme. Catherine change de position et se met à califourchon sur le banc avec une main dans le sac qu'elle portait à l'épaule, je suis presque certaine qu'elle s'est aussi saisi de son arme de service. Je ferme les yeux et prie pour qu'ils ne soient pas en train d'envisager un règlement de compte. Avec tout ce monde, ce serait un désastre.

Lorsque je rouvre les yeux, il y a quatre hommes debout près de notre table. L'un d'eux est Waxer, un autre est son pote qui l'avait provoqué avant de le calmer lorsque je les avais rencontrés à la pharmacie, les deux autres ont l'air aussi peu aimable que Waxer.

« Qu'est-ce que nous avons là ? demande Waxer en regardant Catherine, puis en me dévisageant. Je te connais, non ? » me demande-t-il.

Ce n'est vraiment pas une lumière.

J'ignore sa question, mais son pote répond pour moi.

« Ouais, c'est la nana d'Ice. Tu sais, celle qui a deviné que ta bite avait la taille d'un Carambar. »

Cela fait rire Catherine.

« Félicitations, toi, tu sais vraiment comment flatter un mec.

— Qu'est-ce que tu fais ici ? me demande Waxer. Je pensais que t'étais à Ice. »

Thomas semble être sur le point de dire quelque chose, mais avant qu'il ne le fasse, Waxer lui dit :

« Laisse la nana parler.

— Je suis juste venue avec des amis pour écouter de la musique. Il n'y a pas de mal à cela.

— C'est vraiment ce que tu crois ? me fait l'ami de Waxer en me fixant dans les yeux. C'est ce qu'on va voir, il nous retrouve ici.

— Ça risque d'être intéressant, répond l'un des autres mecs. En attendant, on va manger. »

Ils nous quittent pour prendre la direction de l'étal mexicain.

« Et merde ! dit Everest avec les dents serrées.

— Qui est Ice ? me demande Catherine lorsqu'ils sont assez éloignés.

— Brian Hatcher, le fils de ma tante.

— Ça fait pas de lui ton cousin ? demande Thomas.

— Non, parce que ma tante l'a eu avant d'épouser mon oncle.

— On se moque de savoir si c'est ton cousin ou ton cousin par alliance ou je ne sais pas comment on dit. Pourquoi ils pensent que t'es avec lui ? demande Everest.

— C'est ce qu'il leur a dit pour me protéger de Waxer.

— Le mec à qui t'as dit qu'il avait un pénis de la taille d'un caramel mou ? dit Catherine. Je n'arrive pas à décider si tu es courageuse ou cinglée.

— Il m'avait demandé quel gel parfumé j'aurai choisi pour lui faire une pipe, et ma réponse m'a échappée sans que j'aie pris le temps de bien l'examiner et de voir à qui je parlais, j'explique. Je ne suis pas suicidaire.

— Et qu'a dit Ice pour le calmer ? demande Thomas.

— Que j'étais à lui et qu'il allait m'apprendre les bonnes manières », je réponds en regardant Thomas.

Everest qui me fixe me pousse à continuer : « Et...? »

« Il m'a forcée à m'excuser, puis il m'a sortie de la pharmacie et m'a dit de me barrer, ce que j'ai fait sans discuter », j'ajoute en évitant de croiser le regard d'Everest.

« Et...? » Everest ne lâche pas le morceau. À l'évidence, il y a quelque chose dans ma façon de me tenir qui m'a trahie.

« Il m'a embrassée devant eux. Je crois qu'il tentait de prouver que j'étais vraiment sa nana.

— Je vois. » Everest détourne son regard et fronce les sourcils.

« Putain, le voilà. »

Ah, donc, ils se connaissent.

« Ce ne serait pas mieux qu'on parte ? je demande.

— Non, on reste ici jusqu'à ce que tout se calme », dit Thomas.

Je me retourne pour regarder Brian arriver jusqu'au vendeur ambulant de tacos. Ses « frères » lui disent quelque chose, et il se tourne vers nous. Il me tourne le dos à nouveau, ils semblent avoir une discussion animée.

« Je parie un mois de salaire qu'ils sont en train de jouer la provoc. Il ne va pas avoir le choix. Il va falloir qu'il vienne la chercher, dit Catherine.

— Qu'est-ce que je fais ? » je demande.

Everest a le regard posé sur Brian et ignore ma question.

« Tu partiras avec lui, dit Catherine. Ce n'est pas comme si tu avais le choix. »

Brian se retourne et se dirige vers nous.

Je regarde vers Everest et lui demande :

« Et toi, qu'est-ce que tu veux que je fasse ? »

Il continue à m'ignorer, il ne quitte pas Brian des yeux.

« Bien, si c'est ce que vous voulez, c'est ce que je vais faire. »

Pas de problème, je suis certaine que Brian ne me fera jamais de mal. Enfin, pas physiquement. Je ne suis pas vraiment à l'aise.

En réalité, je suis tellement en dehors de ma zone de confort que je crois que j'ai le cœur prêt à éclater dans ma poitrine.

Chapitre 14

Lorsque Brian arrive à notre table, il se conduit comme si j'y étais assise seule. Il attrape mon bras et m'annonce :

« Allez, on y va. »

Je me lève, et Everest m'ignore. Il regarde les quatre autres motards qui viennent vers nous. Tout ce que je peux lire dans les yeux de Brian, c'est de la détermination. Catherine chuchote quelque chose dans mon dos, mais je n'arrive pas à comprendre ce qu'elle raconte.

J'attrape mon blouson que j'avais posé sur le banc et je le suis. Je n'ai pas vraiment le choix, car il me tient fermement par le bras. Nous arrivons au niveau des autres, mais Brian continue d'avancer et alors que nous les dépassons, il leur dit :

« Ne m'attendez pas. J'ai besoin de temps pour lui rappeler qui est le patron. »

Cela nous vaut quelques sifflements et je crois entrevoir l'ombre d'un sourire sur les lèvres de Brian.

Nous continuons à marcher jusqu'à ce que nous arrivions à une aire de stationnement où un jeune garçon surveille les machines. Sur son blouson, il n'y a que le symbole des Tornades d'acier et un badge « prospect » indiquant qu'il souhaite intégrer le club.

C'est drôle que ces mecs, supposés être en rébellion contre la société et en train de fixer de nouvelles règles, ne fassent que remettre en place d'anciens rites d'initiation. Ils n'ont rien à envier à l'armée ou aux ordres religieux ou même aux fraternités des universités. L'homme passe son temps à réinventer la roue. Les « prospects » des clubs de motards sont comme tous les aspirants à ces groupes. Pendant un an ou plus, ils bossent comme des dingues en se faisant maltraiter, et ce n'est qu'une fois que le groupe estime leur avoir fait avaler assez de couleuvres qu'ils deviennent à leur tour membres du club.

Ce garçon ne doit pas avoir bien plus de 18 ans. Lorsqu'il aperçoit Brian, il se tient plus droit, un peu comme un soldat au garde-à-vous. Mais, d'ailleurs, c'est ce qu'il est, un soldat dans l'armée du crime organisé. Bon, d'accord, je suis sans doute un peu injuste. C'est le soldat d'un club de motard au sein duquel il y a des criminels. Il n'a sans doute aucune idée de ce qui se passe vraiment, il est bien trop bas dans la hiérarchie pour savoir ce qu'il en est.

C'est alors qu'une autre question s'impose à moi. Comment Brian a-t-il fait pour échapper à la période d'initiation ?

Il y a moins d'un an, il était à l'école de police. Je n'y connais rien en matière de galons, mais je suis certaine que certains des badges cousus sur son blouson indiquent qu'il n'est pas en bas de l'échelle. Qu'est-ce qu'il a bien pu faire pour gravir les marches aussi rapidement ? Alors qu'il démarre le moteur, je me demande si je le connais encore.

« Casque ! » aboie-t-il au gamin qui lui en tend un du tas posé à côté de lui.

« Monte ton p'tit cul en selle », me dit-il, en posant la main derrière lui avant de mettre son propre casque qui était accroché à une poignée.

Je lève les yeux au ciel, mais je grimpe derrière lui. Une fois installée, je me positionne aussi droite que possible en m'accrochant à la structure métallique de l'arrière.

Il tourne la tête et rit.

« Vraiment ? C'est comme cela que tu veux rouler ? »

Il me faut à peu près cinq secondes pour abandonner ma position, tellement elle est inconfortable. Je lâche les barres de métal pour poser mes bras contre lui. Immédiatement, une de ses mains vient se poser sur les miennes pendant un court instant et, bizarrement, ce simple geste d'affection me va droit au cœur. Le Brian que je connais, celui qui s'est toujours occupé de moi est encore quelque part à l'intérieur. Je pose ma tête sur son dos et ferme les yeux. Peu importe la destination, le moment est délicieux.

Mais quand nous nous arrêtons et que j'ouvre les yeux, je me rends compte que j'aurai dû me méfier.

Nous sommes dans les terres, au milieu de nulle part, à côté de l'immeuble principal du club. Je ne suis jamais venue, mais je sais où nous sommes. Au départ, cela a dû être une ferme. Il y a une maison principale, une structure en *A* typique de la Floride, plus quelques autres constructions qui ont dû être des étables ou des écuries.

Les portes d'une des structures les plus importantes sont ouvertes, et je vois qu'elle a été transformée en atelier de réparation de moto. Nous sommes garés à quelques dizaines de mètres de la maison, sur une zone qui a été goudronnée, sans doute pour servir de parking.

Il y a quelques tables dehors, autour desquelles se tiennent une douzaine d'hommes, qui arborent tous les couleurs du club. Ils semblent avoir une conversation très sérieuse. Je ne sais pas trop si je dois être soulagée ou m'inquiéter du fait que la réalité ne correspond pas au film que je m'étais fait dans ma tête. J'aurais juré que le club-house ressemblerait à une sorte de bordel avec orgie permanente, alors que je suis la seule femme dans le coin.

« On va à ma piaule, dit Brian. Tu te tais jusqu'à ce qu'on y arrive. »

Son ton ne laisse pas matière à discussion, et, franchement, je suis toujours tellement loin de ma zone de confort que je ne sais quoi dire. Je me contente de hocher la tête.

Les autres arrêtent de parler quand nous nous rapprochons de leur table.

« Et bien, Ice, tu as de la chair fraîche !

— Un peu de manières, Lobster, lui répond Brian avec un ton autoritaire.

— Pourquoi ? Tu vas pas partager celle-là ? Allons, elle est bien assez ronde pour deux ! »

Lobster est un type joufflu, roux et couvert de taches de rousseur. Je ne sais pas quelle taille il fait, car il est assis, mais c'est plutôt du genre costaud.

C'est en regardant des gens comme lui que l'on comprend comment les médecins du VIIIe siècle ont eu l'idée de procéder à des saignées. Quand je vois des personnes aussi rouges et gonflées que lui, j'ai cette envie folle de les piquer avec une aiguille juste pour voir ce qui se passerait.

« Mais si tu veux pas partager, c'est pas un problème. On ira à tour de rôle. Peut-être qu'elle aura envie de venir faire un tour chez moi quand tu en auras fini avec elle, dit-il à Brian, avant de se tourner vers moi et de me lancer :

— Et, p'tit cul, tu veux savoir pourquoi on m'a surnommé Lobster? »

Je jette un œil vers Brian et avec un léger mouvement de la tête il m'indique que je ne dois pas répondre, alors je me contente de secouer la tête.

— Parce que, comme le homard, la partie la plus délicieuse et la plus importante de mon anatomie, c'est la queue ! » dit-il avant d'éclater de rire. Les autres hommes assis à sa table rient aussi, mais j'ai l'impression qu'ils rient de lui et pas avec lui. L'un d'eux a même un peu l'air gêné.

Brian continue à avancer en me tirant derrière lui.

« À plus, les gars », dit-il, avant que nous ne disparaissions dans la maison.

Chapitre 15

La pièce principale ressemble à un bar avec une très grande table et plusieurs petites. Mais avant que je n'aie le temps de tout bien regarder, nous commençons à grimper les marches d'un étage, puis d'un autre. Nous arrivons sur un palier donnant sur une demi-douzaine de portes, et Brian ouvre la dernière. Il me fait signe d'entrer, puis ferme la porte derrière lui.

Nous sommes dans sa chambre. Je n'ai pas de doute, car elle sent comme lui. Les meubles sont sans intérêt, une commode avec un miroir, une table, une chaise et un lit. Tout est recouvert de vêtements et de papiers. Je ne suis pas surprise, le bordel a toujours été l'état naturel de la chambre de Brian quand il était plus jeune. Je vois que l'armée n'a pas plus réussi avec lui qu'avec David en ce qui concerne l'ordre.

Une petite fenêtre donne sur les tables devant lesquelles nous sommes passés. J'entends le bruit de la conversation de ceux qui sont dehors. Il y a une seconde porte entrouverte, et je la tire vers moi.

Elle donne sur une de ces salles de bains dans lesquelles on peut se brosser les dents au-dessus de l'évier en se faisant tremper les pieds dans la douche tout en étant assis sur les toilettes. Mais bon, au moins, c'est sa salle de bain à lui.

« Super, t'as une suite. Je vois que tu as réussi. Tu fais partie de l'aristocratie du club. »

Brian rit.

« C'est chez moi. » Il est tout près de moi, mais il ne me touche pas. « Aujourd'hui, tu ne vas pas me contrarier. Je t'ai amené où je voulais, et c'est l'heure du match retour. »

C'est drôle comme façon de le présenter. Le *match retour.*

Notre première fois était tendre. Enfin, j'ai aimé la sensation d'intimité et je me suis sentie un peu rebelle, juste à être nue dans ses bras, mais l'acte lui-même avait été un véritable désastre. Rien à voir avec les feux d'artifice et l'extase dont m'avaient parlé des amies plus expérimentées. J'avais été tellement frustrée que j'avais eu envie de crier. Mais je ne l'avais pas fait. J'avais affiché un sourire et proclamé que c'était très bien. Je ne voulais pas lui faire de la peine. Il ne s'était cependant pas fait d'illusion, et, du coup, au lieu de tenter de rattraper le coup avec un câlin, il s'était enfui à toute vitesse.

Alors, moi aussi, je veux ce match retour. J'en ai même sans doute plus envie que lui, car je n'ai aucun doute sur le fait que l'expérience lui a appris des choses au cours des dernières années. Il suffit qu'il m'embrasse pour que je fonde, alors, bien sûr, je veux plus.

Je veux la nouvelle version de Brian, je veux découvrir le corps d'homme qui s'est bâti sur celui du tendre garçon. Dans un monde idéal, l'affection de ce garçon serait devenue l'amour d'un homme… mais je sais que je ne vis pas dans un monde idéal, alors je prendrai ce qu'il me propose. Je profiterai du match retour, et je poserai mes questions plus tard.

Il se rapproche encore de moi, et je décide d'oublier que nous sommes dans son club de motard, je vais faire comme les autres p'tits culs, je vais me laisser aller et profiter de la balade, juste pour le plaisir.

Je lui laisse retirer mon blouson et je lui enlève le sien. Il me sourit comme si c'était un jeu d'enfant, chacun son tour. Il sort mon tee-shirt de mon pantalon et le passe par-dessus ma tête. Le soutien-gorge que je porte n'est pas celui en dentelle noire que j'aurai choisi si j'avais su que j'allais me déshabiller devant lui, mais, ça va, il est présentable… et de toute façon je crois qu'il n'aurait pas remarqué, puisqu'il est déjà au sol. C'est mon tour. Je lui enlève son tee-shirt et j'en perds le souffle. Pas à cause des tatouages, je m'attendais à ce qu'il en ait, mais à cause des cicatrices sur sa poitrine et d'une blessure récente sur son épaule. Du bout des doigts, je caresse la cicatrice la plus profonde. Je compte la marque de douze points de suture bien trop près du cœur et je pose mes lèvres sur les chairs meurtries.

Pendant que je continue d'explorer les montagnes et vallées de son torse, il arrive à faire disparaître le reste de nos vêtements, comme par magie, et nous sommes tous les deux nus au milieu de sa chambre.

Il me retourne et presse son corps musclé contre mon dos.

« Regarde », me dit-il en me tournant vers notre reflet dans le miroir. Il pose ses mains sur ma poitrine et me murmure à l'oreille : « C'est parfait. Tout ton corps est juste à la bonne taille pour moi, maintenant. »

Le regarder me caresser ainsi me bouleverse. Mes yeux sont collés à ses mains, et j'oublie tout le reste. J'ai la bouche ouverte, mais je ne peux plus respirer. Mais quand il pince le bout de mes seins, le soupir qui m'échappe relance la machine. Jamais je ne me suis sentie aussi vivante. Je tente de me retourner, je veux le caresser aussi.

« Non, je n'ai pas fini de te regarder comme cela », grogne-t-il en me maintenant en place.

Une de ses mains abandonne ma poitrine et disparaît du cadre du miroir. Invisible, mais pas inactive. Elle se pose entre mes cuisses et je m'enflamme. Je ferme les yeux pour me concentrer sur mes sensations, mais dès que mes paupières sont closes sa main s'immobilise. Je proteste en gémissant.

« Tu ne fermes pas les yeux, me dit-il. Je veux que tu me regardes en trouvant ton plaisir. »

Mes yeux s'ouvrent et il reprend son exploration. Mon souffle est coupé lorsqu'il tombe sur un point particulièrement sensible. Un sourire féroce se dessine sur ses lèvres lorsqu'il remarque ma réaction. Sa caresse se concentre sur ce point sensible, et il ne faut pas longtemps pour que je sois haletante.

Il y a cette incroyable boule de feu qui me dévore. Je me bats pour garder les yeux ouverts jusqu'à ce que je sois emportée par une explosion solaire. Ma tête bascule en arrière, et je dois m'appuyer sur Brian pour rester debout.

Il m'attrape et me pose sur le lit.

« Et d'un ! » dit-il en s'allongeant près de moi avec un air assez content de lui.

Je hoche la tête en reprenant mon souffle. Je pose une main à plat sur sa poitrine et je sens son cœur qui bat aussi vite que le mien. Je pose ma main sur son coup et tire son visage vers moi jusqu'à ce que nos lèvres se touchent. Je veux un nouveau baiser d'enfer et je l'obtiens. Il bascule sur moi. J'écarte les jambes et bascule les hanches, mais il ignore mon invitation. Il abandonne ma bouche pour mordiller un sein et puis l'autre. Mais je veux des sensations plus fortes alors j'appuie sur sa tête et sa morsure se fait plus soutenue. Tout mon corps est secoué de tremblement. Il passe à l'autre côté et la boule de feu se rallume rapidement.

J'attrape sa taille et tente de le tirer vers moi, mais il résiste.

« Chut, Lisa, murmure-t-il. Détends-toi et laisse-moi faire.

— Embrasse-moi encore, je lui demande.

— Tout de suite », dit-il. Mais au lieu de monter vers mon visage, il descend vers d'autres lèvres et j'en tremble d'impatience. Je vais enfin savoir à quoi ressemble ce dont j'ai entendu parler tant de fois.

Oh, ce que j'ai pu lire est bien en dessous de ce que je ressens et je le comprends parfaitement, je n'ai pas les mots pour le dire non plus. Brian fait tourner l'univers sur le bout de sa langue. Je découvre un nouveau langage que j'aimerais étudier des heures durant. J'enfonce mes doigts dans ses cheveux lorsque j'explose.

« Et de deux ! » je l'entends annoncer avant que ses doigts viennent soutenir sa bouche me faisant réaliser que je peux grimper encore plus haut. Je m'enflamme à nouveau, et, à chaque fois que je pense avoir atteint le sommet, il me soulève plus haut encore. Je respire tellement vite que mon cœur est au bord de l'explosion, mais ce n'est pas mon cœur, mais tout mon corps qui explose quand je crie son nom.

Ma voix est cassée et ma respiration coupée quand je lui vole sa réplique : « Et de trois ! »

Il rit et remonte le long du lit jusqu'à ce que son visage soit face au mien. Ses lèvres brûlent mon cou.

« Maintenant que j'ai payé ma dette, avec intérêt..., dit-il en sortant un préservatif du tiroir de sa table de nuit.

— C'est ton tour à nouveau ?

— Non, cette fois-ci, c'est *notre* tour. »

L'expression de son visage me fait fondre. Dans le regard de l'homme, je retrouve le garçon que j'adorais, et la tendresse dont il fait preuve lorsqu'il s'approche à nouveau de moi me met les larmes aux yeux. Je blottis mon visage dans son cou et cligne des paupières pour chasser ces larmes stupides.

Il faut que je protège mon cœur. C'est juste une fois, une nuit avec un semi-inconnu, une dose de bonheur physique avec Ice, un membre des Tornades d'acier, froid comme la pierre.

J'arrête de penser pour juste ressentir.

Il est lent et gentil ce qui est bien parce que je ne me rappelais pas qu'il était si large. Je détends mon corps pour le laisser entrer et ses mouvements deviennent plus puissants. Je pensais que j'étais totalement satisfaite, et voilà que je réagis à nouveau sous ses mains. Il y a un incendie en moi et juste au moment où je suis de nouveau prête à m'envoler, il s'immobilise et me demande brusquement.

« Combien d'autres depuis moi, Lisa ? »

Je détourne la tête et réponds :

« Bien moins que toi, c'est certain.

— Réponds-moi », grogne-t-il.

Je secoue la tête. Un instant, il semble comprendre que je me refuse à répondre, puis il réalise que j'avoue qu'il n'y a eu personne d'autre. Je ne suis pas certaine qu'il me croit parce qu'il se murmure à lui-même.

« Toutes ces années, et personne. »

Il me regarde hocher la tête, l'expression sur son visage est indéchiffrable. Néanmoins, il paraît heureux de la réponse puisqu'il recommence à bouger. Ses mouvements sont plus puissants, et je savoure chacun d'entre eux en m'abandonnant un peu plus.

Le temps s'arrête et je n'entends à nouveau le tic-tac de son réveil qu'une fois que nous sommes tous les deux épuisés et à bout de souffle côte à côte.

C'est à ce moment-là qu'il me prouve que j'avais raison, c'était juste un coup pour voir. Il n'était pas question d'amour, mais de fierté. Sa fierté exigeait une revanche et maintenant qu'il a payé sa dette, avec intérêt comme il l'a dit si élégamment, il m'annonce qu'il est temps de me ramener chez moi.

Il n'y a plus une nuance de tendresse dans sa voix. Nous nous rhabillons en silence, et je me demande s'il y a en jamais eu. Sans doute pas. C'était une illusion. J'ai entendu ce que j'avais envie d'entendre.

Chapitre 16

Recommencer à bosser m'a fait un bien fou. D'abord parce que je suis quelqu'un de sociable et que j'adore le travail d'équipe. Le fait de rester à la maison avec ma mère finissait par me saper le moral. Faire partie d'une équipe me change les idées. Il ne m'a pas fallu plus d'un service pour me rendre compte que mon nouveau patron était un drôle de bonhomme avec des sautes d'humeur imprévisibles. Et comme personne ne peut prédire quand ou pour quelle raison la foudre va de nouveau frapper, toute l'équipe est très soudée. On se protège les uns les autres. Alors que Lyv crée une solidarité en favorisant une atmosphère de travail sereine, cet homme arrive au même résultat en devenant l'ennemi commun. Lyv me manque et New York aussi, mais je fais avec.

L'autre avantage du travail, outre la rémunération qui n'est pas mauvaise, c'est que lorsque je rentre le soir je suis tellement fatiguée que je ne passe pas des heures à me retourner dans mon lit. Je m'endors dès que ma tête touche l'oreiller. J'ai toujours des rêves dans lesquels j'entends David m'appeler, mais ils se font moins fréquents. Je voudrais qu'il en aille de même de mes rêves dans lesquels Brian a le premier rôle.

Cela fait plus d'un mois qu'il m'a ramenée de son nouveau chez lui et, depuis, je ne l'ai pas revu. Périodiquement, je vois des gens de son club, mais je n'arrive pas à savoir s'ils sont plus nombreux qu'avant ou si c'est juste que, maintenant, je les remarque. C'est sans doute l'un de ces phénomènes décrits par les femmes enceintes. Elles expliquent qu'à la seconde où elles apprennent qu'elles attendent un heureux événement, elles voient des ventres ronds partout. Alors, c'est sans doute juste une question d'attention. Les Tornades d'acier ne sont pas nées d'hier. Il est probable que je ne les remarquais pas, car ils ne représentaient rien de particulier pour moi. Aujourd'hui, ils sont devenus la famille de Brian, et je suis presque certaine qu'ils ont quelque chose à voir dans la mort de mon frère, alors, bien sûr, je les repère tout de suite.

Je sors ma moto du garage lorsque ma mère me rattrape.

« Lisa, ma chérie, me dit-elle alors que je mets mon casque. Puisque tu es en route pour le travail, cela ne te dérangerait pas de déposer cela au poste de police ? Steven a oublié son déjeuner quand il est parti ce matin. »

Sans attendre ma réponse, elle range déjà le sac dans ma sacoche.

« Bien sûr, Maman. » Je me demande quel effet cela va faire au commissaire Williams d'avoir son déjeuner livrer à la réception.

Le commissariat n'est pas loin. C'est sans doute la raison pour laquelle ma mère et le commissaire ont décidé qu'il allait vendre sa maison pour s'installer dans la nôtre lorsqu'ils seront mariés.

Il a fait sa demande trois semaines après l'enterrement de David. Je suppose qu'à leurs âges ils doivent penser qu'il est inutile de tourner autour du pot. Depuis que ma mère a dit oui, il est tout le temps à la maison. Le fait qu'il ait redonné le goût de vivre à ma mère me l'a rendu plus sympathique, mais je ne suis pas tout à fait à l'aise avec lui. Et, d'ailleurs, lui non plus.

Il y a quelques jours, il m'a interrogée à propos de ma date de retour à New York.

« Ce n'est pas parce que je veux que tu partes ou pour te chasser, m'a-t-il expliqué. C'est juste que nous n'allons pas nous marier sans toi, alors il faut que j'organise tout avant ton départ. »

Ils ont retenu la date du 1er août, quelques jours avant mon départ pour ma dernière année. Je suis contente qu'il ait fait sa demande avant que l'université n'ait commencé à travailler sur un possible transfert de mon dossier.

Ouais, le commissaire Williams n'est pas parfait, mais il rend ma mère heureuse, alors je peux lui livrer son déjeuner.

Je laisse le moteur de la moto tourner et apporte le sac au poste. L'équipe du matin est toujours en place. C'est Mike qui est à la réception.

« Hé, Mike. Ton boss a oublié son déjeuner dans le frigo », je lui dis en lui faisant un clin d'œil.

Il lève les yeux vers moi avec un grand sourire.

« Génial, peut-être qu'un peu de nourriture va le calmer, réplique-t-il en faisant une grimace. Il a été odieux toute la matinée.

— Ah bon ? » À l'évidence, il a envie de parler. Je suis certaine qu'il est tellement frustré d'être coincé ici derrière ce bureau qu'il est prêt à exploser. La seule façon qu'il a de partager la vie de ses collègues, c'est de raconter ce qu'ils font. Je jette un œil discret à ma montre. Je peux lui consacrer quelques minutes et arriver au boulot à l'heure.

« Dis-moi tout, tu racontes si bien, je lui dis. Quand c'est toi, c'est bien plus passionnant que lorsque c'est le commissaire Williams qui le fait. »

Sans doute déculpabilisé à l'idée que, de toute façon, son supérieur va tout me raconter ce soir, Mike se lance.

« La nuit dernière, on a su que les Tornades d'acier avaient appris qu'ils étaient infiltrés par un policier en civil, et, nous, on a appris qu'ils avaient un indic dans nos rangs, murmure-t-il. Les membres de la mission spéciale ont été convoqués pour une réunion spéciale avec la police des polices. Compte tenu des fuites, le policier corrompu est l'un d'eux. Il n'y avait pas des masses de gens qui étaient au courant de l'infiltration. Inutile de te dire qu'aujourd'hui je suis bien content d'être à ma place. Il y a des têtes qui vont tomber, alors je garde la mienne baissée.

— Tu as bien raison.

— Et bien sûr, je ne t'ai rien dit, me déclare Mike alors que la porte s'ouvre derrière moi.

— Qu'est-ce que tu ne lui as pas dit ? » fais une voix derrière moi. C'est Everest. Lui non plus je ne l'ai pas revu depuis le jour du festival de rock. C'est une bonne chose que je ne me sois pas sentie comme une demoiselle en détresse parce qu'il est aussi inconstant que Brian.

Mike devient rouge cramoisi.

« Combien de roses le commissaire a commandées pour ma mère », je lui rétorque. Je n'ai aucun problème avec les mensonges, je peux baratiner à longueur de journée. Cela me vient spontanément. « Et de toute manière, cela ne te regarde pas. »

Je tourne le dos à Everest et me dirige vers la porte.

« Salut Mike, c'est toujours un plaisir de bavarder avec toi. »

Everest me suit sur le perron.

« Lisa, attend. »

Je continue à marcher vers ma moto, et il ne dit rien. Je lève les sourcils et lui demande :

« Qu'est-ce que tu veux ?

— Je voulais t'expliquer, tu sais... »

Je le regarde se dandiner d'un pied sur l'autre à chercher de ses mots. Je n'ai pas le temps d'attendre qu'il se décide, je vais être en retard.

« Ouais, t'inquiète. Ce n'est pas comme si tu m'avais fait des promesses. Allez, il faut que j'aille bosser. »

Je démarre et, tout à coup, grâce à Mike, la vie est un peu plus rose aujourd'hui. Mon esprit échafaude des tas d'hypothèses pour mon plus grand plaisir.

Pendant un moment je vais me donner la permission de rêver : et si Brian n'avait jamais été jeté de l'école de police ? S'il avait été recruté pour participer à cette opération avant même d'avoir achevé l'année ? Si c'était lui, l'agent infiltré au sein des Tornades d'acier ?

Je ne souris pas parce qu'en Floride, sans casque intégral, il ne faut pas sourire à moto. Il y a bien trop d'insectes pour cela.

Chapitre 17

Tout est magnifique. Je dois bien reconnaître cela au commissaire — « Mais que dois-je faire pour que tu m'appelles Steven ? » — Williams, il sait organiser une fête. Il a loué ce magnifique pavillon dans un club de golf très chic, et il l'a fait décorer avec beaucoup de goût.

Des chaises ont été installées sur l'herbe. Au premier rang, il y a la sœur du commissaire Williams et ses enfants d'un côté, et ma tante Nancy et moi de l'autre. Derrière nous, de nombreux policiers en uniforme. Je vois Catherine et Thomas, ainsi que Mike et quelques autres visages familiers. Pas d'Everest. Je suis certaine qu'il n'est pas là, il est tellement grand que je ne pourrais pas le rater s'il était présent.

Le commissaire Williams est debout sous une sorte de tonnelle couverte de fleurs, et un de ses amis juge se tient à ses côtés. Je ne sais pas trop s'il est là pour officier ou comme témoin, mais il est raide comme s'il avait avalé un parapluie. La musique et lancée, et nous nous retournons tous.

Ma mère avance dans l'allée centrale au bras de mon oncle Tony. Suis-je la seule à me rendre compte à quel point c'est étrange ? Elle est menée à l'autel où l'attend son futur époux par le frère jumeau de son défunt mari.

Je regarde le double de mon père confier ma mère à un autre homme. J'aimerai que David soit auprès de moi pour partager l'étrangeté du moment. Je me tourne vers Nancy, et, bien qu'elle ait un sourire aux lèvres, je vois les larmes lui monter aux yeux. Nancy a bien l'air d'être heureuse pour ma mère, mais il y a quelque chose qui manque. Depuis la mort de David, c'est comme s'il y avait quelque chose de cassé en elle. C'est comme si toute son énergie et sa joie de vivre avaient été absorbées par ma mère.

Je lui prends la main, et elle serre la mienne. Je voudrais tant savoir comment la réconforter. Je voudrais lui faire part de mes soupçons à propos de ce qui se passe vraiment, mais je ne peux pas.

D'abord parce que je ne suis pas certaine que Brian soit vraiment le policier infiltré dans le club de motard. Depuis que j'ai parlé à Mike, il y a bien eu quelques arrestations mentionnées dans les journaux, mais je n'ai pu tirer d'informations de personne. Le commissaire Williams a érigé une sorte de Mur de Berlin entre le poste de police et la maison. Il ne parle jamais du boulot.

Ensuite, si c'est bien Brian qui est infiltré, le dire à Nancy le mettrait en danger. Elle porte un si lourd fardeau, et elle se sent tellement coupable qu'elle ne pourrait pas se retenir de dire à qui voudrait bien l'écouter que son garçon n'a pas mal tourné. C'est trop dangereux.

Alors, je me contente de lui tenir la main jusqu'à ce que mon oncle Tony vienne s'asseoir près d'elle et l'enveloppe d'un bras protecteur. Je suis contente qu'il soit toujours à ses côtés.

Il doit être tout aussi déchiré qu'elle.

La cérémonie est rondement menée. Je détourne le regard lors du baiser traditionnel. Bien sûr, je suis la preuve vivante du fait que ma mère a pu avoir une vie sexuelle, mais ce n'est pas mon sujet de réflexion préféré. Le baiser passionné échangé avec le commissaire Williams était un peu dérangeant pour moi. Tout le monde se lèvre et applaudit. Pendant que les invités font la queue pour saluer les nouveaux époux, je m'enfuis vers le pavillon. Quand j'ouvre la porte, je me cogne à Everest. Il est très fringant dans son uniforme. Est-ce que je viens de penser *fringant* ? C'est tellement désuet comme qualificatif, un peu *Autant en emporte le vent,* mais tout à fait approprié.

« Tu n'aimes pas la foule ou tu es contrariée par l'événement ? me demande Everest en me rattrapant.

— Ni l'un, ni l'autre, je lui dis. Les démonstrations d'affection publiques me mettent mal à l'aise.

— Tu veux parler ? demande-t-il.

— Avec toi ? Non, pas vraiment », je réponds un peu agressive.

En fait, j'aimerai bien. Je voudrais qu'il me dise pourquoi il n'a pas tenté de me revoir après m'avoir laissé partir avec Brian. Je voudrais savoir pour quelle raison il n'a même pas pris la peine de vérifier que tout allait bien.

J'ai des sentiments partagés en ce qui le concerne. Je ne voulais pas le faire marcher et, tout de même, je suis vexée qu'il ait abandonné aussi vite.

Mon agressivité ne lui fait pas peur, car il me dit :

« Et bien, moi, je voudrais te parler, tu peux me consacrer deux minutes ? »

Sans attendre ma réponse, il m'attrape par le coude et me conduit jusque dans le coin de la salle de réception le plus éloigné des portes du jardin. Je me pose sur une chaise et il s'installe près de moi.

« Je t'aime beaucoup », me dit-il. Il reste silencieux le temps qu'en regardant autour de moi je réalise que je suis coincée entre le mur, la table et lui. Je le regarde sans rien dire. C'est sans doute ce qu'il attendait parce qu'il recommence à parler.

« Je t'aime beaucoup, me répète-t-il, mais j'ai compris que tu avais quelque chose qui n'était pas réglé avec quelqu'un d'autre. »

Dans la mesure où je ne lui dois aucune explication et où il ne pose pas de questions, je me contente de le regarder en attendant qu'il poursuive.

« Je sais que tu rentres à New York pour fairc ta dernière année de droit et que tu ne reviendras pas avant juin prochain pour passer le barreau de Floride. »

Je constate que le Mur de Berlin du commissaire Williams n'est étanche que dans un sens. Les informations circulent bien dans le sens maison-travail.

« Alors, ce que je voulais vraiment te dire c'est que je serai là lorsque tu reviendras et que si, à ce moment-là, tu sais où tu en es, je serais ravi de passer du temps avec toi. »

Il a un regard si doux et un sourire si triste. Ce ne serait pas difficile de craquer pour quelqu'un d'aussi gentil.

Oui, il a raison, j'ai des choses à régler avec Brian et, d'une façon ou d'une autre, il faut que je trouve une solution.

Je reste silencieuse, car je ne sais pas quoi dire.

Il se lève et repousse sa chaise, puis, avant de partir, il m'embrasse sur le front.

« Au revoir ma douce. Je te verrai au printemps prochain », dit-il, avant de se rendre auprès des mariés qui entrent maintenant dans le pavillon.

Je le regarde saluer ma mère puis le commissaire Williams. Pendant qu'Everest s'éclipse discrètement, je rejoins le nouveau couple et serre ma mère dans mes bras.

« Je suis tellement contente pour toi, lui dis-je. »

Je me tourne vers cet homme qui est maintenant mon beau père et ajoute.

« Et pour toi aussi, Steven. »

Le sourire sur son visage me montre qu'il considère comme une victoire le fait que j'accepte enfin de l'appeler par son prénom. Il a raison. Cela veut dire que je vais lui donner une chance. Je leur souhaite vraiment d'être heureux.

Chapitre 18

Les pas-si-jeunes mariés se sont envolés pour Paris. Le commissaire Williams — il faut que je m'habitue à l'appeler Steven — exauce un des rêves de ma mère.

Demain, je vais fermer la maison et repartir pour New York. Pendant une quinzaine de jours, je vais pouvoir travailler à plein temps au restaurant, avant de retourner en cours. Il y a une nouvelle chambre qui m'attend dans la cité universitaire. Encore une année d'étude, et, au printemps prochain, je rentrerai passer le barreau de Floride et je serai enfin une avocate.

En sortant de la douche, j'entre dans la chambre de mon frère. Mon beau-père l'aura transformée en bureau pour lui-même quand je reviendrai. Le panier à linge sale est vide. Les vêtements de David sont soigneusement pliés sur ses étagères. La force de l'habitude.

Ma mère a aussi changé les draps. Je prends son oreiller dans les bras, mais maintenant il sent la lessive. Je remets l'oreiller en place et choisis deux des tee-shirts les plus larges de David. Je vais les utiliser pour dormir. Est-ce que c'est morbide ? Je ne pense pas. Je me déshabille et en enfile un. Je prends aussi son blouson de cuir dans sa penderie et l'emporte dans ma chambre. Je me couche dans mon lit en l'utilisant comme une couverture.

Je ferme les yeux, et j'imagine que je l'entends rentrer à la maison et m'appeler... et j'ai à nouveau ce sentiment de déjà-vu, puisque j'entends réellement des pas dans l'escalier. J'ouvre les yeux et Brian est à ma porte.

« Je suis venu te dire au revoir, me dit-il doucement.

— Comment sais-tu que je m'en vais demain ?

— J'ai mes sources », me dit-il en avançant de deux pas pour s'agenouiller auprès de mon lit. Il prend la veste de David et la pose sur mon bureau derrière lui. Je peux lire la tristesse dans ses yeux au contact du vêtement.

« Je sais qu'il te manque aussi, je lui dis. Et je ne suis plus fâchée contre toi. Je crois que je sais ce que tu fais. »

Il me regarde comme s'il ne comprenait rien à ce que je lui dis.

« Tu n'as jamais été viré de l'école de police. Tu es en infiltration pour la police, non ?

— Tu as raison, je ne me suis pas fait virer de la police, j'ai démissionné. Par contre, je suis désolé de te décevoir, je ne suis pas un membre de l'unité spéciale.

— Je sais qu'il y a des choses que tu n'as pas le droit de me dire. Mais je veux quand même que tu me parles. »

Il se lève et, un instant, je crois qu'il va s'en aller, mais non, il retire ses bottes et enlève son blouson. Je recule pour lui faire de la place.

Il s'allonge à côté de moi et me prends dans ses bras. Je pose ma joue sur son épaule et ma main sur son cœur.

Son rythme régulier me calme. Je suis heureuse d'être à ses côtés.

« Il y a tellement de choses que je voudrais pouvoir te dire, avoue-t-il au bout d'un moment en enfouissant son visage dans mes cheveux. »

Je lui adresse une prière silencieuse. *Allez ouvre-toi un peu, laisse-moi entrer.*

— Les Tornades d'acier sont aussi ma famille. Je déteste le fait que Maman et Tony ne le comprennent pas. J'espère que toi tu le comprendras. Quand tu reviendras… je pourrais prendre le temps de t'expliquer.

— Je ne peux pas attendre aussi longtemps », je lui dis et, en soupirant, je passe son tee-shirt par-dessus sa tête.

« Mais si tu vas voir », dit-il en roulant face à moi et en ôtant le long tee-shirt de David que je viens d'enfiler.

« Tu m'as attendu si longtemps déjà que quelques mois de plus ne vont pas changer grand-chose. »

Je ne peux m'empêcher de me moquer de l'arrogance dont il fait preuve.

« Et qu'est-ce qui te fait croire que je t'attendais ? Tu n'as pas envisagé la possibilité que je n'aie juste pas eu le temps d'avoir une relation et que dès, que j'aurai fini la fac, je vais jeter mon bonnet par-dessus les moulins ?

— Non », dit-il. Il m'embrasse et je sais qu'il a raison. Je n'ai jamais eu envie que de lui. Le seul autre homme qui a accroché mon regard est le gentil Everest.

Brian écarte ses lèvres des miennes, le temps de dire avec un ton tendre et possessif :

« Tu es à moi, un point c'est tout. »

Je ne sais pas quoi penser de son insolence.

« Et toi ? » je lui demande.

— C'est un peu différent...

— Oh ! Ne joue pas la vieille rengaine, *« les hommes ont plus de besoins »*, parce que ce n'est pas vrai, je lui rétorque en l'interrompant.

— C'est pas ce que voulais dire, m'explique-t-il. Ce que je voulais dire c'est que je savais que je reviendrais à la maison et auprès de toi, mais comme on ne s'était rien promis... »

Le début de sa phrase me fait tourner la tête, et lorsqu'il m'embrasse à nouveau, il est clair que je me moque totalement de savoir avec qui il a été puisqu'il est avec moi aujourd'hui.

« Je dois reconnaître que je ne suis pas mécontente que tu aies acquis de l'expérience. »

Je l'admets volontiers en le regardant retirer le reste de ses vêtements.

« Et, moi, je suis ravi du contraire, dit-il. Tu vois, tout est parfait. Aujourd'hui, je sais qui je suis, je sais ce que je suis et ce que je veux. Il y a tant de choses que je veux faire avec toi, et l'idée que je serai le seul avec qui tu les auras faites m'éclate. Je te promets que tu ne le regretteras pas.

— Tu as quelques heures pour me convaincre », professeur, je lui dis avec une voix de gorge que j'ai du mal à reconnaître. « Tu as intérêt à commencer tout de suite parce qu'il va falloir que cela nous suffise *à tous les deux* pour les longs mois à venir. »

Et lorsqu'il se lance, il n'a aucune difficulté à me convaincre du fait que mon corps réagit de façon merveilleuse à son contact. Ses mains ne laissent aucun centimètre carré de mon corps inexploré. Ses lèvres brûlent mon cou et torturent ma poitrine. Je veux que cette nuit ne finisse jamais. Je suis au paradis et je ne veux pas partir. Et lorsque je suis persuadée qu'il ne pourra jamais faire mieux, il murmure à l'oreille.

« Tu sais que tu es à moi, n'est-ce pas ? » Et mon univers éclate en milliers de petites bulles de bonheur parce que je suis certaine que cela veut dire qu'il m'aime.

Je m'endors dans ses bras pour la première fois, et je sais que j'ai refermé un premier livre de ma vie.

La mort de David l'a rendu triste, mais le temps des larmes va passer. Il est temps d'ouvrir un nouveau livre, et j'aime déjà son premier chapitre. J'ai hâte de découvrir les prochains, puisque, ce soir, j'ai eu la chance d'avoir un aperçu de ce à quoi pourrait ressembler le reste de mes nuits, lorsque je reviendrai

À PROPOS DE L'AUTEUR

Née à Manhattan, Olivia Rigal a passé sa jeunesse à faire la navette entre les États-unis et la France. Elle a vécu et étudié dans ces deux pays.

Pendant ses études, elle a exercé de nombreux métiers. Ainsi a-t-elle travaillé aux Puces de Clignancourt, ainsi que dans un studio d'enregistrement parisien.

À Manhattan, elle a été toiletteuse et assistante administrative dans une salle des ventes anglaise renommée.

Olivia s'est installée en France pour y élever sa famille. Elle a beaucoup voyagé à travers l'Asie du Sud-Est, et a une tendresse particulière pour le Laos et la Thaïlande.

Lorsque son activité ne la retient pas à Paris, Olivia se sauve jusqu'en Floride, dans sa maison à coté du Parc national de MacArthur Beach State Park pour y écrire des romans.

Depuis la fin de l'année 2012, elle participe au mouvement des « Indies » en publiant à titre indépendant de courts romans en anglais.

Début 2014, elle les traduit aussi en français, en 2015, ils sont traduits en allemand, en espagnol et en portugais.

Les histoires qu'elle y raconte peuvent être lues séparément, bien qu'il arrive souvent que ses personnages se rencontrent, de sorte vous pouvez les retrouver dans plusieurs romans.

Elle adore bavarder avec ses lecteurs, alors surtout n'hésitez pas à la contacter.

http://www.facebook.com/AuthorOliviaRigal

Autres livres en français

LES TORNADES D'ACIER

– Froid comme la pierre

– Froid brûlant

– Fusion froide

– A chaud

Nouveaux épisodes à paraître en 2016.
– Chaud Bouillant
– Chauffé à blanc

– Lyv
– Jade

Autres livres en anglais

Ride with The Iron Tornadoes MC

Stone Cold
Cold Burn
Cold Fusion
Hot Pursuit

or with The Category 5 Knights MC

Chaser
Saving Belle

Play with The Curve Masters

As He Bids
As She Begs
Lost and Found
Found and Kept
Kept and Shared
Keeping Tab

See what's cooking in Paris

Learning Curves 1
Learning Curves 2
Learning Curves 3
Learning Curves 4
Learning Curves (The Complete Story)

Flirting with curves with Ava Catori:

Flirting with Disaster
Flirting with Deception
Flirting with Danger

Other books

Ripped
Jade

8727181R00074

Printed in Germany
by Amazon Distribution
GmbH, Leipzig